Willi Höfig

Drievsel un Driften

Gedichten

Willi Höfig

Drievsel un Driften

Gedichten

ISENSEE VERLAG
OLDENBURG

Willi Höfig, Jahrgang 1937. Studium von Publizistik und Volkskunde in Münster und Berlin, Promotion 1971. Bibliothekar an der Staatsbibliothek zu Berlin und (ab 1991) an der Universitätsbibliothek Kiel; zuletzt als Oberbibliotheksrat. Seit Ende 2000 pensioniert, lebt in Ockholm/Nordfriesland.

Bibliografische Information Der Deutschen Bibliothek

Die Deutsche Nationalbibliothek verzeichnet diese Publikation in der Deutschen Nationalbibliografie; detaillierte bibliografische Daten sind im Internet über http://dnb.d-nb.de abrufbar.

ISBN 978-3-7308-1020-0

Gedruckt bei Isensee in Oldenburg

Hella

güntsiet van de Linie
in Fründschap todacht

Geleitwort

In Willi Höfigs Lyrik begegnet uns eine stimmungsvolle, bildgewaltige plattdeutsche Sprache, die uns mit wenigen, sparsamen Strichen Sprachbilder von schwerblütiger Schönheit und unverkennbarer Echtheit zeichnet. Das Norddeutsche ist hier in der Wolle gefärbt, nie aufgesetzt; das Gewaltige und das Karge der Landschaft an der Nordseeküste begegnen uns in der Sprache auch dann, wenn es nicht um Landschaft geht. In diesem Sinne sind Willi Höfigs Gedichte alle Naturgedichte. Der Lyriker, der ausschließlich auf Niederdeutsch schreibt, ertastet mit der klangvollen und nur scheinbar rauen norddeutschen Regionalsprache genau den Puls seines Gegenstandes – der Vergangenheit, seiner Mitmenschen, seiner selbst –, und die Worte folgen ihm bedächtig, bedachtsam und bedacht zu einigen unvergesslichen Gedichten. Bemerkenswert sind seine lyrischen Bearbeitungen von Grimmschen Märchen (ab Seite 132). Höfig hält das Märchen in der Mitte an und wendet den Blick der Figuren auf die Szene, die sie bilden, bis eine ganz neue Pointe entsteht. Befreit nicht Rumpelstilzchen die Müllerstochter vom Bann des Goldes? Ist nicht Dornröschen ein männerfressender Vamp? Und wäre es manchmal nicht schöner, verwünscht, verwunschen zu bleiben, statt entzaubert zu werden?
Die Auswahl beschließt eine Folge kurzer Gedichte, in denen der Autor einen lyrischen Dialog mit Dichtern der Han Shan-Epoche wagt. Den chinesischen Versen aus dem 7. Jahrhundert antwortet eine plattdeutsche Stimme. Ob der Brückenschlag gelingt, wird der Leser selbst sehen.

Martha-Luise Lessing

Mien egen Deel

Wöör up'n Markt

Twintig Johr' oolt dat Blatt wat ik lees hier
Ut de Böker rökt dat verjohren na Gülle un Dood.
Wat harr he dacht de dat schreev du söchst vergeevs na de Künn hen
Minnereert un Makulatuur. Hier liggt de Wöör nu tohoop
Fische mit apen Muul jappt ünner de Sünn
Süstert un tuschelt van Pries un van högere Uplaag'
Inwickelt in dat Pappier de Fang van 'n heelen August.

Helpt di keen Woordenbook. Glösern un blind
Kiekt di de Wohrheit van güstern an un laat mit sik hanneln.
Wenn se huchelt denn geiht dat up di un du kannst denn woll rood warrn
Wat denn söchst du nu hier? Wat hest du egentlich vör?
De du bruukst de Wöör de sünd up den Markt nich to kopen
Entert di mit den Maand un lickt di dat Blood ut de Adern
Brennt in de Oogen un freet sik dör Kopp un dör Been

Un wat du seggst wat du schriffst is denn blots noch Afglanz un Schien
Van dat wat binnen sitt un wat dien Leven bestimmt.
Du geihst denn bi un rittst di dat sülben van't Hart
Is dat de Wohrheit van hüüt? Du hörst un du sühst nix
Steihst denn alleen up den Markt, un wenn du deep Luft haalst
Rüükt dat na fuulige Fisch.

Münchhausen

Verstek di nich achter de Biller
Verkruup di nich achter de Wöör
Dien Vers de sünd nich to'n Schulen
Du kümmst daar doch sülven in vör.

De Saken sünd wohr in sik sülven
Du mußt de Natuur nich lackeern
Un wenn du ganz still büst denn kannst du
De Stimm ut den Doornbusch hörn.

De Wulken de över di hengeiht
De lehrst du biweeglangs nich ut
De Swulkenfloog un de Bülgenslag
De geiht ut dien Blood nich mehr rut.

Dien Hart söcht de Steerns an den Heven
De Fööt stampt över den Snee
Du kannst di nich bargen de Tiet is man kort
Daar is al de Flood un de See

Wat kann di daar fehlen! Kumm to di
Un fleeg as en Vagel in't Lücht
De Wöör scheet üm di tosamen
De Werlt kümmt tohoop as Gedicht.

Kritik

Wöör warrt vergahn.
Un wat ik schriev
Is man en Spöök

Mulm blots un Stoff
Stövig un doof
Bookstavenplünn'

De van mien Lüüd
Nüms mehr versteiht
Dootbleven Spraak

Wat van mi blifft
Drifft vör den Wind.
Bargen van Sand

Weiht denn tohoop
Eerst blots en Bult
Sodenn en Düün

Kiek ik mi üm
Bün ik alleen
Merrn in de Wööst.

In'n Barg

Mit'n Woordenbook fung dat eens an as ik lütt weer
Wokeen harr dat schreven
Hett he dat allens in'n Kopp hatt
Wo keem dat denn her
Ick wull doch verstahn wat de See in den Sand schrifft
Un de Wind an den Heven
Kreep in dat Book rin un funn nich torüch
Dacht ick kunn flegen

Dat duur man nich lang denn hagelt dat Böker
De Bläär packt mi in un de Wöör deckt mi to
Mannigmaal is dat to'n Grienen wat daar op'n Rüch steiht
„A bis Biermörder"
Man du stiggst as in'n Barg daal
In de Pütt wo de Wöör liggt
Hest bannig Hartkloppen bi
Ick will doch verstahn wat de See in den Sand schrifft
An den Heven de Wind

Bi liesen warrt dat nu schummerig op dat Pappier
Flegen hebb ick nich lehrt
Daar kümmt noch en Dag denn warr ik dat allens begriepen
Kümmt all'ns inne Reeg
Böker warrt langsam oold, düsse staht jümmer noch daar
„Luzzara bis Nexus – Tasman bis Zz"
Zz
Dat End van de Wöör.

Böker

Kind wees still! Dat harr Grootmudder seggt.
Wenn Erwachsene reden hollt de Gören de Snut.
Man dat heet ok: Luster maal to.

Dat is nu al foftig Johr her. Ik stah mank de Böker
Maak de Ogen dicht un bin still.
Hör driest to! Se wispert man liesen as Gnitten
De dat schreven harrn sünd ok meist doot.

Du meenst dat is Tüünkraam?
Dat heet: He warrt oolt.

Woveel Tiet heff ik noch se optoslaagen de Böker
Un totohörn

Afscheed

Dreih di mal üm. Dat warrt wohrhaftig Tiet.
De letzten Johren ut de lange Reeg
Leep gries un grau daarhen ahn Ünnerscheed.
Wo lang geihst du nu al desülven Weeg!

Un mit di oolt worrn is de heele Welt.
Wat du mal wullt harrst is al lang tonicht
De Kreihen striekt mit Schreken över Feld
Un baben Diek steiht al dat letzte Licht.

De Winter kümmt, de Swulken sünd al gahn
De Göös röppt sik de Richt to in de Nacht
Orion blifft bet Sünnenopgang stahn
Un drifft de Küll de Fennen lang mit Macht.

As alltiet sökst du in de Böker Raad
Du överleggst wat di an Daag noch blifft
De Wöör wullt di nix seggen, un nagraad
Fallt di dat nu as Asche up de Schrift.

So wees denn still. Dien Arbeit is nu doon.
Wat du di uppackt hest in all de Johr'n
Dat kannst vergeten. Un du dröffst nu gohn.

Wer hebt die Gärten, die uns versinken,
wieder herauf aus der Tiefe?
— Wilhelm Raabe

Besök in'n Goorn

Wo is he bleven de Goorn wo wi speelt harrn
In use Tiet
Versackt as de Kinnerjohrn verloren un ünnergahn
Vergeten un quitt

De Hecken sünd wussen wiel ik an se dacht heff
Un dichter worrn
Wi sünd daar doch dörslüppt as wi noch lütt weern
Nu gifft dat Schörrn

Iloof heel över de Poort un Rust an de Angeln
Kümmst nich mehr dör
Maak de Ogen dicht. Ik heff daar 'n Spröök bi
Geiht nu ganz licht

Eerst lücht de geele Flamm van de Forsythien
Fröher in't Johr
Rot achteran de Johannisbeertranen
Blangen de Door

Druuven van Sünn smitt de Goldregen över di hen
Nedden in't Gras
Jiepert de Lünken un kiekt di 'n Eerdkruuper an mit
Ogen ut Glas

Spörst du em nu, den Röök van Jasmin un Liguster
Glieks achtert Schuer
Vull is de Lucht van Violen Syringen Lavendel
Hier an de Muer

Sleierkruut Klockjeblöm ik heff de Naamens vergeten
Schadden un Lücht
Summerwindbevern löppt över de möden de blagen
Vergißmeinnicht

Astern un Maibloom kümmt süst nich tohoop in
Desülvige Tiet
Breekt nu an Dag ut verleden Johren wakt up in de Sünn un
Strahlt Siet an Siet

Wat daar so brummt sünner Enn dat sünd nich de Immen
Dat is de Dood
Se kümmt wiet över See mit Phosphor an Boord
En düüstere Hood

Wenn se anflüggt höörst in'n Goorn de Siren nich
Is ok to laat
Tomeist geiht dat wieder in't Land un denn brennt
Ene annere Stadt.

Een' witte Roos afreten van'n Wind liggt daar an de Stoop
Stupsboor mien Teddy lehnt an sienen Steen un
Töwt up mien Roop.

✴

De Flegen de summt.
Üm't Goornhuus steiht de Summernamiddag
Still liggt de Lütte up de Bank
Schadden van'n Flederbeerboom danzt up de Gardin'.
Stövig
Rüükt dat na Erdbeern, na Äppel un Quitten
Na Himbeern un warmen Kakao.

De Flegen de summt.
Un daar is de sürrende Fleeg un daar is de Stupsboor,
Dat Kameel mit den langen Hals Elefanten un Tiger un flegende Fisch
De kümmt all ut de Schuuvlaad
Wo dat ole Book mit de rooren Biller in liggt.
De Lütte de quarr
Un höört denn de Stimm as se singt
Miteens is he still.

De Flegen de summt
De Lütte liggt still up de Bank
Üm't Goornhuus steiht de Summernamiddag.

*

Maak du de Oogen nu man wedder up
De Stupsboor is noch daar, tweireten un vertust
Goldregen un Forsythien dröög un rott
Daar blifft nix na. Wi sünd keen Kinner mehr.
De Wahnblock geiht bet in den sößten Stock
Du hörst den Stratenlarm un rüükst Benzin.
Bilang de Opfohrt gifft dat 'n beten Gröön
Kiek neger hen! En lütten Rosenstock
Un ut dat Finster kümmt en Kinnerleed.

Goldrood

Goldrood vör't Finster in'n Goorn
Jüst even harr se noch lücht
Süht na nix ut de Strunk
Liekut na baben keen Blatt un keen Tack
Babenan en Puschel geel as de Sünn
Gries is dat worrn un bruun
Een Woord ut dat Book mit de vergeten Geschichten

Goldrood mang Schodder un Steen
Du hockst in de Trümmer un lüsterst op de Siren
Elkeen Dag hett sien eegen Bang
Up di
Fallt de Schadden van dat Plakat
Se hefft di al utmaakt
Noch is dat still
De Goldroot bevert in'n Wind
Rüken deit dat no Schiet un Gresen un Groon
Luur up de Entwarnung
Holl di an'n Grund.

Daar weer de Siren
Du kriggst wedder Luft
De geelen Feddern fleegt meist weg mit de Wulken
Katten
Na Katten harr dat noch rüükt

Goldrood vör't Finster in'n Goorn
Goldrood in Licht un in Snee
De geelbruunen Püschel vull Ies
Füer dat schrient in de Sünn

Engel

Up Flucht weer allens ut, sogoor de Steen
Se sprung van'n darden Stock up eenmaal daal
Un rullt dör dat Geschrie van Füer un Storm
Gleunig un glööstern bet vör miene Fööt

Du mußt mi nu vertruen, sä de Stimm.
De Storm packt mi van achtern un de Hitt
Slög över mi tosamm'. De Ogen to
Üm mi dat Huulen Anken Schreen, ik flög un stolper hen

Un weet nich wo ik ankeem. Denn weer't still.
Dat weer nich licht de Ogen uptomaken
Ik gier nich naar de Tiet un wull nix weten
Vergahn de Spraak, de Dag stött mi nich an

Denn keem dat Schreen torüch, nu bevert mi de Tähn
Ik heff de Stunn' nich tellt un nich de Stimm'
Un kunn opletzt doch wedder gahn un stahn
Un föhl den Regen över mien Gesicht.

De mi daar rutholltt harr de bleev noch wat bi mi
Ik heff em Engel nömt. He hett daar nix to seggt
Un hollt mien Hart in siene beeden Hänn'
Dat güng denn heel geruhig sienen Gang

Un deit dat jümmer noch. Totieden hör ik em
Wenn mi de Wulken vör de Ogen fleegt
Un ik bün wedder mang de Hitt un dat Geschrie
Doch mit de Johren is dat lieser worrn.

Daar is nu keen Moraal bi. Wat hier Engel heet
Dat is 'ne Kraft in di de du nich kennst
De Letzte Kraft, de di noch helpen deit
Wenn nix mehr helpen kann. Ik weet man nich

Amenn kunn woll noch mehr daar achter sien.

Nowogrodek

In memoriam Willy Höfig (1909 – 1944)

Ick drööm van Nowogrodek
Van Wulken sünner Lücht
De Stadt is oolt un hett veel Dode sehn
Litauer Polen Russen Düütsche ok
Se wiest di Gräver Kuhlen mit un sünner Steen

Ik kiek nu sößtig Johr‘ in't Duuster un in'n Daak
Un drööm un fraag un söök man nix blifft stahn
Dat is to laat dat is vörbi dat weer doch Nacht
De Tiet de Johren un de Wind sünd dröver gahn

Vadder weer fiefundartig ik weer söß.

*

He leeg nu daar an'n Sloot
De broken Been as Füür
Dat Düüster wiet un siet
De Barken un de Heven witt un swatt
De Larm de weer vörbi
He seeg nix mehr un kunn ok nich mehr schreen.

Un as de Heven up em rünnerkeem
Weer daar de grote Stern un denn de lütt
De as sin Söhn up sine Schuller seet
Up sine Schuller ritt meist as sin Söhn

Regen
Harr dat denn regent de Nacht

Ick drööm van Nowogrodek
Van swatt un witte Steen
In Johren stampt to Mulm un Schiet un Stoff
Henweiht de Noom de Daag in Biesternis de Steern
Keen de di antert levig edder doot

De swatten Büsch an'n Sloot harr ik de güstern sehn
De Schören in'n Asphalt sünd de all gröter worrn

Rögt sik de Doden al

✴

Ik drööm van Nowogrodek
Van Kohle un van Nacht
De Johr geiht hen as tiedig fallen Snee
Wittrußland is nich witt
Dat is as Isen swatt
Un hollt de niegen Daag mit isern Klöön.

Vandag warrst du de Bloodspoor nich mehr wies.
Se hefft dat daarmaals Mittelafsnitt nöömt
He weer daar mang in Dod un Blood un Schiet
Dat huul to'n Heven as de Jüngste Dag
Un so veel Leven güng daarbi toschann'
Dat van Teindusend meist nüms wedderkeem.

Litauer Polen Russen Düütsche nich.

He harr nix seggt as ik em seeg de Nacht
Miteens daar bün ik upwaakt un he keek mi an
He stunn güntöver an dat Footenn van mien Bett
As Nevel meist as Lücht dör Ruuk un Daak

Een Strämel Lücht keem dör de Kökendöör
Ik heff em sehn so klaar as disse Hand
Sien scheevet Grienen geit mi hüüt noch na
Ik weet nich hett he wunken un denn weer nix mehr.

Un kumm daar all de Johren nich van af.

De sösste Dag

Ünnert Gras
Treckt de Mullwarp sien fuchtige Gäng
Swatt un demödig sitt de Sniggen an'n Weg
Ut'n Sloot krabbelt de Pogg
Un glupscht mi in't Oog

Warrt woll Regen geven
De Gnitten speelt reinweg verrückt
Un daar haut al de tweete Swulk
Vör't Glas van de Tennsdöör

Ik maak dat Finster to
As dat anfangt to nisseln
Un seeg mi daarbi in de Schief:
To groot un tapsig Gäng in de Eer to buddeln
To stolt un hochnäsig an'n Wegrand to sitten
Un to dösig den Pogg' to verstahn.

An de Seebrüch

Glatt as Glas liggt de See
Sleit man sachten an'n Strand
Vör de Sünn de ünnergahn schall

En Brüch heel ut Gold
Övert Water spannt
Van güntsiet bet vör diene Fööt

De Weg in dat Glück
De dücht di vertruut
Büst du em as Kind nich al gahn?

De Sünn warrt nu bleek
De Nevel stiggt up
Un steiht vör dat Lücht as 'ne Wand

Daar is ok dien Schadden
De Düüsternis kümmt
Un di blifft de Gang dör de Nacht.

Bööm in'n Wind

Heimatsüük sünd de Bööm in de Straat wo ik lang gah
Tweireten bruun de Bläder al in August
Backige Qualster drippt van de Äst up de Straten
Backavenhitt prallt van Plaster un Huuswännen af

Dat is nu miene Stadt as dat fröher mien Dörp weer
In de verleden Tiet, wat weer denn mit de Bööm?
Hebbt se dat Lengen no grote Hüüser no Hitt un Asphalt spöört?
Däämliche Fraag Bööm hefft wat anners to doon

Reeg achter Reeg seh ik se an de Chaussee stahn
Rinn un Bork talterig dröög un tonicht
Püll ganz toschann Wutteln scheep in de Eer krallt
Aver se leevt noch se föhlt noch jümmer den Wind

De dreggt de Samen in't Land van Linn un van Pappel
Eek Böök un Esch Wichel un Vagelbeerboom
Wenn denn de Tiet is krieg ik meist keen Lucht mehr
Se drifft in swore Wulken heel sacht vör mi hen

Mulmt to Gruus up de Straten daar warrt nu keen Kiem van
Övern Diek smitten un denn haalt se de See
Se mutt van den Groten Wohld van Taiga un Regenwald drömen
Stamm achter Stamm Twieg an Twieg un dat hett nie keen Enn

Ins kümmt de Stünn un denn weiht us dat över de Kimming
Merrn in den Groten Wohld jüst so as wi dat dacht,
As wi dat drömt harrn in't Fröhjohr up ewig to grönen
Opwarts to'n Heven
Mitteens kümmt de Nacht.

Graadut in de Sünn

Dat gröne wiede Land
Wullt du dat richtig sehn
Denn mutt dat Avend warrn

Gah liekut vör di hen
Den Padd an'n Sloot henlang
Un graadut in de Sünn

Water un Füer tohoop
Un üm di steiht de Wind
De Göös wiest di den Weg

Nüms is de mit di kümmt
So geihst du nu alleen
Du hest nix in de Hand

Daar is wat achter di
Dat sühst un hörst du knapp
Un wannert mit di mit

Wat kümmt nu op di to
Ut Düüster un ut Drööm
Wat du vergeten hest

Dat laat di nich in Free'n
Dat töggt un stött un ritt
Dreih di nu endlich üm

Man daar is nix to sehn.
Du büst noch up den Padd
Un lüsterst up de Göös

De Sünn sackt liesen daal
De heele Kimming brennt
Un achter di de Nacht.

Fröh an'n Morgen, vör'n Speegel

Achtern mit den Steert dat ümtosmieten,
Wat du vörn mit diene Hannen upstellt hest
Elkeen Dag kümmt dat vör
Inaten un utaten
Baben un nedden
Krall un seek
Drööm nich!

Fleegen Fisch up enen Boom to angeln
Un de Angel fallt di denn an'n Grund
Dat's ne roore Saak man daar kannst nich up stohn
Gas geven un bremsen
Prahlen un Muul holln
Karkhoff un Weeg'
Upwaaken!

Elkeen Dag fangt dat daarmit van vörn an
All min Levedage geiht dat rund
Un denn bist al wedder an't Drömen
Kimming un Trallen
Babenan un achterher
Van Harten leef
Van Harten leef as dat is, un schietegaal
Inslopen!

Hett he inslopen seggt? Dat's beter. Dat geiht.

Naschrapels

Hartkloppen
Hett mi in de Ohren hammert malins:
Wat is nu achter de Kimming!
    Un nu: een Schapp vullschreven Pappier
    Du schüddkoppst
    Keen Kopp un keen Steert an

Hitt un hill leep mi dat eens den Rück rup:
Mi un mi hett se meent!
Min Leven! Nu heff ik ehr wunnen!
    Blifft nix as een tweireten Foto
    Plackig un spintelig
    Kiek di bloots de Frisuur an

Wat stuur ut'n Speegel kiekt
Daar hest keenen Naam för
Een frömdet Deert

Vör't Inslopen

De groten Wöör
Mi harrn se nix brocht.
Ik schreeg as de annern
Luut noog för elkeen to höörn
Se schov' mi bisiet
Un seen: Wees still

De groten Sprüng
Weern ok nix för mi.
Ik harr mi afmaracht
Un weer denn de Eerst up de Stääd
Se harrn 'n Annern to winnen
Ik weer ut de Pust

Wenn ik nu sachten bün
Un wenn ik achtern bliev
Glückt mi dat denn?

Biller

Se is dootbleven, Dolly up Föhr
Negentig is se worrn
En Stimm an't Telefon geev mi dat dör
Daar weer keen Gesicht to

Nee, henkamen schullt wi man nich. Se weer al ünner de Eer.
Dat weer verleden Harvst as wi ehr besöken deen
Hest ehr dat Oller nich ansehn
Hett'n Barg vertellt ik heff nich allens verstohn
Heel kregel is se wesen
Se harr lebennige Ogen

Dat Bild hier
Dat weer se as junge Deern
Se stunn'n in Goorn
Opa un siene dree Jungs
Un se harr eenen daarvan

Leevt keen mehr
Mit veerundartig keem Vadder al dran
De beeden annern hefft Glück harrt. Se hefft ehr Enkel noch sehn.

Wokeen kann ik fragen
Naar de Biller in't Album
An den Dag wenn ik anfang naar achtern to kieken
Un nich mehr naar vörn?
Bi liesen vertöggt sik de Biller van den Karton
Un wat daar noch up is daar weet ik nix mehr van af

Denn steiht nüms mehr daartwischen

Du

Is anners komen

De mi nu wegstött de Hand
Dat is de Hand de mi eit hett
Desülvige Hand
Holl ehr fast

De mi nich kennt wenn ik anropen do
Dat is de Stimm de mi seggt hett
Ik vergeet di nich
Lüster ehr to

Elkeen Hand is dien Hand
Elkeen Stimm is dien Stimm
De mi ankiekt, elkeen
Hett diene Oogen

Ik pack de Welt mit diene Hannen an
Ik kann di nu mit diene Oogen sehn
Ik hör di nu, du seggst: Ik kenn di nich

Wokeen helpt mi daar rut
Anners as du

Vergeten

Ik vergeet di nich, hest du seggt
Denn weer't al to Enn
Ik heff nix mehr höört van di
Ik leev as ünner de Eer

Ik vergeet di nich
Ik kunn nich vergeten ik kann't nich
Dat sitt fast
Een lütt Stä' is daar de piert

Du büst daar nich Schuld an
Ik weer as'n Blinnen
Nix sehn un nix hören
As di man alleen

Dat kann woll keen af ok du nich
Nu is daar de lütt Stä'
De ik nich anfaten dröff

Un daar sünd Wöör de kann'k nich mehr seggen
En heet Vergeten
Leevde en anner daarvan.

Wulken

För Inge

Witte Wulken
Middenmang de Sünn
Grönet Gras
En lichtbeten Wind
Ik maak de Ogen to
Un denk an tohuus
Wo ik noch lütt weer.

De Wulken sünd gries worrn un swatt
Mit de Johrn
Un bleek is de Sünn
Loof un Gras verkrümpelt un tweipett un bruun
De Wind bitt mi in de Ogen
Wenn ik se upmaken do
Dat ik di ankieken kann
Un bün nu wedder tohuus
As wenn ik noch lütt weer.

Wat so passeert

Wenn ik di ankieken do
Seh ik meist annere Ogen
Kann'k di doch nich seggen

Wiet weg achter di
De mi utbrennt harrn
Nix blewen as Asche un Gruus

Wenn du wat seggst
Is daar 'n anner Stimm
All to lang heff ik ehr tohört

Nüms is seker daarvör
Nich een nich anner
Dat kümmt as'n Dalslag

Een Morrn wenn du upwakst
Hest du utspeelt
Denn isset to laat.

Iesgang

Brüchen ut Holt un ut Steen ut Stahl un Beton
Över Strööm över Daalen un See
Brüchen för Töög för Wagens för Panzer un Peer
Brüchen in Freeden un Krieg
För Schaap un för Göös
För di un för mi.

Ik holl diene Hand du spörst miene Hand
Dat is denn as Gloot un as Füer
Twee Hänn eene Brüch wo lang warrt dat gahn
Wenn eerst dat Ies up de Brüchpieler drifft
Denn blifft ok de Brüch nich mehr stahn.

Wi glöwt an dat Füer un nich an dat Ies
De Stroom föhrt de sachtere Drift
De Brüch de is oolt aver wi sünd doch jung
Man de Johren geiht hen un dat Füer warrt koolt
Un amenn hett de Brüch doch 'n Sprung.

Twee Hänn eene Brüch dat sünd denn twee Füüst
För hüüt un den tokamen Dag
De Brüch de bevert dat Ies faat us an
De Pieler de swalken daar is al de Flood
Is nu Tiet utenanner to gahn.

Wedderslag

Is de Heven noch blaag? Ik spöör en anneret Licht
Maak de Oogen apen de Sünn lücht op dien Gesicht

Daar is nix as du, ik harr drömt, wak nu op kiek di an
De Stünnen blifft stahn un fangt denn van vörn an to slahn

Middag, de Klockenslag bevert wi gaht enen Schritt
Un enen tweeten op'nanner to, nu packt us de Hitt

Buten un Binnen togliek gaht mit us tokehr
De Swinnel de ritt us dör Lucht un Water un Eer

Wi fallt inenanner mit fürige Lippen un Hänn'
All de Tiet harr de Werlt up us töwt nu geiht dat to Enn

Man dat is nich de Sünn de Dag warrt nie wedder hell
Laat de Oogen dicht düt Licht is towedder un grell

Opwacht kiek ik mi üm vergevens du büst as verbrennt
Miteens fallt de Slag ik verstah ik heff di mißkennt

Kunn dat denn wesen: Wi twee weern tosomen nich dacht
Nu sitt ik in't Duuster un huul as en Hund in de Nacht

Bläääd ut Weimar

Hier sünd se nu: Ginkgo Biloba
Dree van dusend. Dree edder söß?
Amenn harrst dat gaarnich markt wenn Goethe nich weer.

Keen Blatt as dat anner
Männichmaal is nix to sehn van de Naht
Mußt denn an glöwen:
Twee un doch een.

Daar is bald noch wat to wunnern
Kiek di an woans de doch lücht
Dree Blääd van Ginkgo Biloba
Un de bleeke Harvsttiet ward warm.

Edder söß?

Disco

Ies brickt de Steen
Smielen un smuustern brickt Ies
Bruukst man goot Weer

Elkeen för sik
Danzt sienen Borendanz
Matten de Haas

Un keen du eien wusst
Bitt di nu in de Hand
Keem nich topaß

Un in de Döör
Steiht een un paßt up di
Bliev ehr van't Lief!

Ies schrappt up Ies
Wenn daar ok Funken sprütt
Gifft dat keen Füer

Ies blifft doch Ies
Kann ik di wedderfinn'n
Is al to laat

Minschen

Runen

Fraag dat Orakel
Smiet diene Sticken
Lees nu dien Lott

Wat up di tokümmt
Wiest di de Biller
In den Kristall

Acht up de Stünn
Wenn denn de Flood kümmt
Halt di de See

Mark di de Tallen
Lüster up't Radio
Di geiht dat an

En isiget Radel
Huult mit den Noordwind
Un luurt up de Brück

Schul di vör'n Südwind
Ünner sien' Mantel
Wannert de Sand

Kiek up den Tacho
Bevert de Nadel
Is dat to laat.

Fraag dat Orakel
Smiet diene Sticken
Lees nu dien Lott

Aten un fleegen
Över de Wulken
Merrn in dat Lücht

Wenn du to Eer fallst
Warrt ok dat Bild bleek
In den Kristall.

Tabula Smaragdina

Keen bün ik denn
Dat Engel mit mi reden schüllt in se ehr Spraak?
De fallen Bläär na'n Regen to verstahn is licht
De lütte Hund of de Ligusterheck
Wat in jem bevert dat leevt ok in di
Holl fast de Drööm van dat wat in di sitt
Un wat di tohöört deep ut Wulk un Steen
Wat du van güntsiet meist vergeten hest.
Wat binnen is is buten, un de Wind
Drifft di dat wedder to un hett nix to vertelln.

Wat baven is is nedden. Un daar mang
Daar plustert sik dit lütte Leven up
Un wiest us siene wohren Wunner vör.
Du mußt nich van de Eer to'n Heven gahn
Un denn torüch as Hermes di dat seggt
Bliev stahn un pack dien Hart in diene Hänn'
Denn kaamt doch alle Ding' in di tohoop
As dat an'n Anfang weer, besloten in een Woort
Un för de Engel blifft de Loffgesang.

Planten un Blomen

Dat geiht mi in' n Kopp rüm: beholln un vergeten
De een' liggt ünner de Eer
De anner wull jümmer mol schrieven
Güstern un hüüt un tokamen Week.
Un all de Geschichten hier in de Böker
Ole Lüüd weern dat de se vertellt hebbt
Tolest bloots noch för de Kinner
Denn sünd se alleen mit bleven

Een kiekt di elkeen Avend ut de Glotz' an
Du kannst dar heel geruhig bi blieven
De anner harr meist keen Gesicht
Un up eenmaal fallt di dat in: he fehlt mi.
De Padd den du hunnertmol gahn büst
Daar kümmt een Dag un du finnst em nich wedder
Büsch un Bööm sün woll wat wussen
Edder twei un tonicht maakt un fällt

Is dat nu dat Grau van de Wulken of dat van de See
Wo hört de een up wo fangt de anner denn an
Tweemol Wohrheit dat kann ok ne Löög warrn
Wenn warm un kolt ut eenen Aten drifft
De een plant' Astern un de anner Margritten
Leefde un Haten un beid vergeten amenn
Bi lütten verlöppt sik dat eene so as dat anner
Een smale Spoor dör Gras dat nüms mehr snitt
    Männicheen is doot de mi neeg is
    Männicheen de leevt un is doot

Goot toreden helpt

Welk seggt: hett allens sien' Tiet.
Dat heet: Geiht allens vörbi.
Dat heet ok: Daar gifft dat 'ne Tiet för.
Elkeen hett sien' Stünn.
Mußt di'n beten gedüren
Dat kümmt von alleen
Keen Steen blifft up'n annern Steen.

Bruukst mi nich to vertelln
Ik heff dat all markt

Welk seggt: Dat blifft as dat is.
Dat heet: Du kannst schuften un schesen
Du ännerst nix an.
Dat heet ok: Nu wees man tofreden
Dat is faken dröög du wörgst an de Kniften
Wat Sötet kümmt do nich na
Dat is nu dat Leven.

Bruukst mi nich to vertelln
Ik heff dat all markt

Denn laat di dat doch nich mehr upbinnen
Du kannst di ok sülben up'n Padd moken
Wenn di de Welt nich gefallt denn mußt du se ännern
Du schast dat tominnst maal versöken

Bruukst mi nich to vertelln
Dat du 'n Klookschieter büst
Dat heff ik all markt

Fallen lehren

De sik sülben verlüst
Blifft männigmaal stahn

Mööd warrn un den Aten anhollen
Daar fangt dat mit an
In'n Droom
Mitteens büst an't Fallen

Toveel Lücht maakt jiddelig
Maak de Ogen dicht
Denn kümmst up'n Karn de

Fallt anne Eer
Rullt noch 'n beten ut
Un liggt.

Drapen

De Druppen fallt
Fallt ut de Dackrinn in de lütte Pütt
Nedden an'n Weg
Un kennt sik nu nich mehr
Dat Grote dat he nich begriepen kann
Dat harr al up em töwt un hollt em fast
Wat is he nu

Van Water Lucht un Eer
Blifft Damp un Düüsternis un Mulm
Un sünner Namen maakt dat noch de Werlt
De Drapen fallt
Een naar den annern fallt se in den Sloot
Fleet in de Adern nu van Reet un Rohr
Een Druppen hangt denn an en grönet Blatt
Fallt daal
Weet nix mehr van sik af

De Sinn is man de Utnahm ene korte Tiet
Wenn du di funnen hest denn büst du al vergahn
Dat faat di üm
Un wo du henhöörst büst du nich mehr du
Un liekers ahnst du wat dat heten schall
In Licht un Dag:
Den Oogenblick van Leevde un van Dood.

Eva in'n Goorn

De Goorn lücht dör de Geschicht.
Wenn de Tieden to Enn sünd
Kümmt dat Door wedder apen
Un wi hefft Verlööf to'n Besöök
Amenn ok to blieven un wahnen in Freden un Freud'

Wi kaamt mit Biller in'n Kopp van Rosen un Lilien
Van smoltende Farven van Regenbagen van blöhende Pracht
Dusend un dusende Johr sünd daar Schiller van malt worrn
Upschreven in Prosa un Vers'
Daar güng dat Hopen up rut van us all
Döör Schiet Woot un Tranen
Dissen Goorn man eenmaal to sehn

Un de Boom van den use Werltgeschicht stammt
Daar steiht he midden in'n Goorn
Süht minner ut as wi dacht harrn
Strevt liekers na baben an't Lücht

Streck de Hand ut den Appel to faten
Beginnt de Geschicht nu van vörn?
Man de Werlt is so rund nich, hool stopp un denk na
Un bitt denn de Tiet sik in'n Steert?

Du schast weten wat goot is un bös', harr de Slang seggt
Dat hefft wi nu lehrt
Wi hefft us' Geweten wi weet wat wi doon schöllt
Un doot doch dat Gegendeel van

Wenn du den Appel nu anfaten deist
Eva ut tokamen Tiet
Dennso warrt wi nu all unschüllig un nee
Un frisch as de neeboren Kind'

De Geschicht is denn afsloten utdaan un löscht
Daar is denn keen Fall un keen Schuld
Wi leevt as dat Kruut un vergaht as dat Kruut
Un kann keen Geweten mehr sien.

Wat schasst du nu doon? Du steihst as 'n Steen
Eva ut tokamen Tiet
To End is de Droom, wi leevt noch in't Hüüt
Un de Goorn lücht dör de Geschicht.

Goorn bi Nacht

Du tappst dör'n Goorn in de Nacht
Daar is keen Maand du kannst meist nix sehn
En Schuer is even vörbi
De Büsch staht swatt un sprütt di Water in't Nack
Nachtvagels fleut un stöhnt
De Tuunegel russelt daar nerrn in de Heck
Dat Gras faat natt na dien' Fööt

De Röök sünd dichter as över Dag
Un dücht di sünnerbor frömd
Nu landt noch en Nachtmott up diene Steern
Wat Lebenniget strickt di an't Been
Mit dusend Ogen kiekt di wat an
Un grippt di sachten an't Hart

Du büst al an de Döör un lachst allens weg
Minsch ut de Nutiet mit Grips un Verstand

Spöök

Stillwater
Wenn de Flood jüst uplopen is
Daar is keen Luut.
En Möwenflunken
Ritt en Schöör in de Huut van de See
Steiht in de Lucht sünner Roop un Bewegen
Mit anhollen Aten
So driffst du bewußtlos
So driffst du över de Süll.

Kiek up de Dückdalben daal
In Regenbögen van Ööl
Bevert ehr splintig un upschoten Afbild'.
Dat Holt swatt hart kantig dat Isen verrost
Kien un Teer an. Kannst noch de Narv sehn
Van de Spleten hier anne Wrist
Een wull mi över die Kant
Un ik heel mi fast.
As Jungens so sünd.

De Waterkant
Wo Land un wo See sik tohoopfindt
Leeftallig de Linie van Strand un van Meer
De lebennige Soom halt Aten du strakst mit de Oogen de Küst lang
Weekföhlig un sacht as över den Rüch un de Schuller
Van een' de du leev hest.

Binnenlands
Liggt Middag över de Geest
Barken danzt up de Heiloh, un övern Machandel
Stött ene Lark in de Lucht: En schönen Vagel bün ik!
In't Tegenlicht in de Sünn daar sünd se versammelt
Swatte un griese Schadden dörsichtig as Glas
Hollt sik fast een an annern un huckt sik tohoop
Seggt nix, nich witt un nich swatt. Se tövt up dien Wöör.
Man wat du ehrdenn nich seggt hest dat lett sik nich nachhaln
Goh dienen Weg stracks dör de Gespenster van güstern
Doch bliev nich stahn. Wohr di op't mehrst noch vör di.

Middewielst
Hett dat upbriest un nu swappt dat Water den Kai lang
Dat warrt ok al köhlig de Stillwatersspöök is vörbi.
Amenn harr de Dückdalben doch mit'n Kopp nickt
Un stillkens föhlst du de Narv an dien Wrist.

Dröög Loof

Allens ‘n beten düüster worrn
Liggt an de Ogen amenn
Dat de Saken de Farven verleert
Rutwuschen Leven un Lücht
Dat Gröön blifft noch lang

Maleens harr elkeen sien Stimm
In Waken in Slaap un in Droom
Du hest mit de Pappel snackt de dat jümmers so drock harr
Mit de Bark de wull alltiet blots danzen
De Eek harr di tohöört
De Antwoort vergeten

Denn bleev van de Bööm blots dat Ruuschen
De Röök blots van den Jasmin
De Ros’ de för alle Werlt bleuht
Blöh doch nich alleene för di

Tarrn un talterig geel bruun un rot
Liggt nu de Bläder an'n Grund
Griep di en Handvull van nedden
Röökt naar Modder un Mulm

Hörst du wat liesen van Snee
Van Ies van glösernen Frost
Wat du di inbillst! Daar is nix as Mull
Geiht di maal nich anners

Un ehr denn de Küll kümmt
Nimmt een di in'n Arm
Un dat Loos dat de Roos drifft
Gellt denn ok för di.

Küstenwind

Land van Ström un van See
Land van Regenmusik
Wulken as Bargen an'n Heven
Land achtern Diek

Köög un Inseln un Watt
Fennen för Schaap un för Rind
Alltiet anners un ümmer datsülve
Land ünnern Wind

Rullt de Flood övern Sand
Schriekt de Göös dör de Nacht
Ut dat Loof van verleden Johr
Brickt denn dat Leven mit Macht

Ewig – en twiefelig Woort
Achter dat Schuer de Sünn
Allens kümmt anners so güstern as hüüt
Daag un Johren gaht hen

Nimm du de Wulken in't Hart
Wannelbaar as du nu büst.
Hork up de Regenmusik
Aten den Wind an de Küst

De schall de Tieden bestahn
Geiht dat mit di ok to Enn
Wenn denn de Wannel di drifft
Wannel geruhig mit hen.

Up'n Padd

De Tiet
Töggt di an'n Graven längs
As'n Hund up'n Padd
Kannst in't Stöltern kamen daarbi

De Nevel krüppt sacht up di to
Twee Schreed sühste noch wat, denn noch een
Nu is daar keen Weg mehr

Un wat is achter den Diek?
Dat hest du as Kind al fraagt.
Nüms hett di antert.

Speegelschrift

Du kiekst in'n Speegel
Den lütten Jung jüst even
Den hest noch kennt.
Wokeen kiekt di nu an?

Elkeen Morrn
Süst 'n beten anners ut
Du hest den Psalm nich vergeten:
Vergeiht as dat Kruut.

Se maakt dat liesen un sacht
Gode un leege Johr
Se kaamt un gaht
Wi weet dat Enn nich vun af

Ok de Speegel weet nix
De bringt blots de Böversiet vör.
De di leev hebbt seht di as du büst
Denn bruukst nich to luurn vör dat Glas
Un de ut'n Speegel de Lütt
De blinkert di to.

Ünnerwegens, dit un dat

Maleens weer he jung
Is de Straaten to End gahn un is nu alleen
Bruukt keen Geld mehr vergitt wat he lehrt hett
Is allens betohlt

Kiekt na't Weer dat drippelt un druselt as meist
Lüstert in'n Wind
De in de Autos daar buten
De is nich naar Snacken to Moot
Maleens weer dat licht

Hett dat good meent
Un is in de Schörn pett
Jümmer no baben
Un leeg denn in'n Soot
Lööp gegen 'n Wind an
Un keek na de Wulken
Stappt as'n Krüsel
Achter sik her

Daar flögen twee Swaans
Vördwars över de Wisch
Un schriet to Heven as en sprungen Klock
He holl den Aten an
Denn weern se al vörbi

Harrste meist griepen kunnt

Schummertiet

He nickkoppt 'n beten
Hollt de Hann' inne Tasch
Ooldmödig Deert hett sin Leven lang Böker bekeken
Veel lehrt hett he nich bi dat Tüüch

Slurt den Padd daal snackt mit sik sülben
Pliert in'n Heven töwt up de Sünn
Sitt anne Muur un kiekt na de Kinner
Kiekt na de Swulken un wiest se de Tähn

Vertellt Geschichten de he sik man inbildt
Wat hett he drömt wat hett he beleeft
Hört he dat blots edder hett een wat tuschelt
Buten un binnen vertörnt

Denn is dat beter he swiggt. He seggt nich mehr veel
Kiekt dör di dör as wenn he di utlehrt hett binnen
Nahstens geihst em beter ut'n Weg
Amenn kümmt em een in de Mööt de all ünner de Eer liggt

He nickkoppt 'n beten
Daar weer doch noch wat

In de Afnahm

Reden
As de Öllern
As du dat lehrt hest
Wöör de dien Söhns nich verstaht

In't Hart slaan
Dör'n Kopp gahn
Steihst nu allenig mit daar

Streek övern Kopp keen du leef hest
Se tüünt di an as de Glotzkist
Dat Muul vull Sand

Afnahm: Heet ok Olendeel (Altenteil)

Babenan

Kiek di den Fleeger an in sien swore Maschin'
En ballert Spoor ut Oprohr un Krach un Tumult
Dwars övern Heven
Wi köönt flegen us dröggt nich de Wind

Mark up den Hawk
De daar vör de Wulkenwand seilt
Sweven un glieden in'n langsamen Krüsel
Un still

De dröppt wat he sökt hett

Heimat

Woneem de herkümmt gift dat nix to biten
Frunslüüd un Mannslüd un en lütten Pööks
Mit grote brune Ogen is so mööd
Slöppt al in't Lopen süht un hört van nix.
Se dröggt ehrn Plastebüdel un den hollt se fast
Se snackt man liesen kiekt nich rechts un links
Un steiht nu an de Straat naar Rickelsbüll.
    De witte Wagen van'n Toll
    De gröne van'n Bundesgrenzschutz
    Töwt al ümme Eck.

Moi Weer. De Raps fangt jüst to blöhn an
Geel bet an'n Diek hen lücht dat as de Sünn.
Wi staht an'n Tuun. En ut de Reeg kiekt up
Un seggt as he vörbigeiht: Guten Tag.

Wi weet wat dat nu gifft. Se schuft jem daarhen terüch
Wo se nich leven könt un wat doch Heimat heet.
    Wi kiekt up de anner Siet
    As de dree Apen.
    De Sünn warrt bleek.
    Dat is keen goden Dag.

Noorddiek

Schudderweer

Dat druselt wat liesen
Löppt mi den Nack lang
Ick schuuv mi dör'n Matsch

Bruun un doot liggt dat Loof
Miteens kümmt de Sünn dör
'n Placken Licht op'n Patt
An'n Gravenrand över de Spieren
Dat lücht
Un is al wedder vörbi

Resthoff

All mien Leven wull ick mien Eegen. En Huus dat mi tohöört.
Nu is dat een Resthoff worrn an de dänische Grenz.
Mien Frünn' seggt: Dat liggt ut de Welt dat's bannig wiet buten.

Ne Buurstä is dat nich wesen dat Huus is man lütt
Ne Kaat up den Noorddiek, de Fennen över de Straat
Hört all no Dänemark hen.

In de Schüün liggt keen Heu mehr daar staht nu de Böker
Wenn dat regent luster ik nachts: Dröppt daar wat dör?
Böker köönt dat Water nich af.

Wenn son Huus sien hunnert Johr hett denn ward dat marode
De Regen de blifft un de Wind
Min Böker un ik wi gaht denn woll wieder.
Dat min Söhn dat denn hebben will do sünd de Tieden nich naar.

Achtern Knick

As wi hier hentrokken sünd,
Leeg en dodet Schaap up de anner Siet van de Straat
Dat weer in'n Summer
Wi hebbt us nix daarbi dacht
Naar söß Weken weer blot noch 'n beten wat Wittet op't Grön bleven

En Wiel hett dat duurt
Denn leeg daar wedder een
Nu weer dat al Harvsttiet

Dat derde heff ik sehn
Dat güng erst vörn inne Knee
Keem wedder up, leed den Kopp in'n Nacken
Kreeg as wie'n Slag un stunn nu nich wedder up

De Eck van de Fenn achtern Knick
Dat is nu Tiet 'n Naam daarför to finnen

Dodenschaapsenn

Swatte Sünn

To'n Ferienmaken, mag wesen, seggt welkeen.
För een twee Weeken amenn.
Awer dat is nich de Werlt as se is. Du hest di'n Idyll kofft
Dat hollt doch nix ut. Dat is doch van güstern.

Besnacken mööt wi dat nich. Kiek maal ut'n Finster.
Daar kümmt de Sünn nochmaal dör nu wo se ünnergahn schall.
Daar is nix as Heven un Licht.
Achtern Diek schriek de Göös. Erst wiet weg un liesen,
Un nu övert Huus.
Un denn blifft keen Platz mehr an'n Heven
Wenn se över us kümmt denn sühst du nix anners
Up'n Stutz versteihst du dien Wort nich mehr
De Heven is swatt
Dat erste Maal as ik dat sehn dee
Ik segg di, ik heff mi verfiert

Swatte Sünn seggt de Dänen daarto.

Anne Lien

Gah man maal mit den Hund rut
Beter du nimmst'n anne Lien
Wenn he'n Hasen röken deiht kunn he di utneihn.
Laat di Tiet. Erst den Weg över de Fenn'
En Stück Asphalt un torüch övern Diek.
He hett sien Geschäften blifft stahn snifft in'n Wind
Miggt up't Gras un an'n Steen
Blaft naar de Hoff an de Eck hen (du hest nix höört)
Steiht wedder kiekt di an nickkoppt un denn geiht dat wieder.
Wenn di dat to lang duurt tröggst anne Lien
Röppst em un bliffst denn ok stahn
Kiekst naar'n Heven un röökst maal in'n Wind

*

Van baben
Sütt juh een to.

Anatol lett gröten

Twee Daag un twee Nächt is de Storm al togange
„Anatol“ harrn se em nöömt. He warrt nich beter daarvan.
De Nacht is pickswatt. Versök an de Muur lang to krupen
Man holl di fast! Mehr as een Boom liggt in’n Graven.
Hulen deit dat as unklook.
Daar is nix as Duuster un Nacht. De Regen is lies worrn
Slöcht di as Nadeln üm’n Kopp. Keen Licht un keen Minsch
Ok keene Warmte in’t Huus. Veerteihn Stunn‘ al keen Strom
Blifft de weg, geiht de Heizung ut. Der Segen der Technik.

Bit naar Niebüll keem ik ut Kiel mit de Bahn. Fiev Stunn’n in‘ Schritt
Bi düt Weer to’n Noorddiek? Daarför gifft dat keen Taxi.
Am End denn doch, een wull dat versöken.
Wi sünd ok dörkomen. Tweemaal blifft wi steken
As’n Ast up de Straat leeg. Keen Licht un keen Minsch
De Heven as ünner de Eer.

Hier mutt dat wesen! Wat schall ik di seggen: en Lücht!
En Lücht in’t Finster!

Dat Huus is as Ies. Nüms binnen. Wo is se denn bleven
Wiet kann se doch woll nich wesen, hier steiht doch dat Lücht.
Daar kümmt se al. Natt as’n Pudel. Se weer man blots mit den Hund rut.

Begegen

Buten de Schaap
Findt so recht nix to freten
Dat is April

Wenn de mi sehn doot
Kümmt se an'n Tuun
Smitt de Köpp in de Högde
Maakt Spektakel un gluupscht

De Buur mit dat Heu
Kümmt meist ut desülvige Eck

Biikebrennen

Up Krummhusum hefft se ne Biike tohoopbrocht dit Johr
Dat is up'n Acker daar bruukst Gummistebeln
De Füürwehr is daar mit ehr Lampen un Technik
Dat gifft Buddelbeer un Grillwust.

De Flamm springt hooch up daar is woll 'n beten Benzin bi
De Wind driggt den Qualm över de Fenn'
De Wust un dat Beer sünd man lau
Wi staht hier un freert.

As wi al in't Bett sünd hört wi dat Martinshorn gahn
Dör de Schiev keem dat Blaulicht
Daar weer nix passeert
De Jungs weern man duhn un speelt noch 'n beten rüm up de Rückfohrt.

Rummelpott

Ik hebb em fraagt, wat he sehn harr
Vör Tieden
As he an de Grenz stunn
Wo nu mien Kökenfinster up rutgeiht.
He swiggt.

Ik hebb em fraagt, wat he beleeft harr
As se em afkommandeert harrn
Toletzt no Schwesing an'n Fresenwall.
He swiggt.

An'n Dreekönigsavend
Kummt he singen mit de Kinner.
De sünd al 'n beten groot daarför,
Se doot dat Opa toleev.

Middag

Eerst roort dat över de Fenn'
Denn kümmt se de Straat lang
Up ehr swore Maschin'
Acht negen tein achter'n anner

Se hebbt keen Gesicht
Tüch un Helm allens swatt
To Merrn dör dat Dörp
Un dwars un dweer över de Koppeln

Noch kümmt se bi Dag
Un sünd ok al wedder vörbi.

Bööm

De Wind nehm to van de Tiet an
As wi de Bööm fällt harrn
Daar weer keen Blatt mehr an toletzt
Ok nich in Mai un August

Dat sütt nu heel kahl ut
Daar is keen Schadden an't Huus mehr
Bööm sünd Bööm

De Buurmester keem vörbi, he harr dat drokk
De Grenz warrt upmokt, du kannst nu na Siltoft un Hoyer föhrn
Dat is al dänsch

„Vielleicht wird man noch ein paar Bäume abholzen müssen
Soll doch alles sauber aussehen wenn das Fernsehen da ist“

Dat hett he seggt. Wo de herkamen deit
Köönt se keen Platt un verstaht nix van Bööm.

Eene Farv toveel

Ik sitt up de Bank an'n olen Diek
För'n Överblick langt't.
Geel van Raps kiekt de Gegend di an
Fröhjohrstiet bet an de Kimming.
Un wenn du sülven nich singst: de Lark stiggt in'n Heven
De deit dat ümsüst.

Söß Weeken laater in't Johr liggt de Rapsfeller bruun
Denn kümmt de Bienenweid' rut
Phacelia tanacetifolia Büschelschön
Sütt meist ut as wenn de Heven daalfallen weer
Nu is de Werlt blaag.

De blage Bloom van de de Dichter vertellt hefft
Up de Braak seit, dat en dat sehn kann van baben
Ut'n Fleeger maakt se Biller daarvan
Bewies för de Stillegungssubvention:
Dat gifft toveel Acker.

Dat gäv Geld daarför, wenn de Buern ehr Feller braakliggen laat. Daarup möt se denn de blaagen Phacelien sein. Ut'n Fleeger warrt Biller van den blaagen Acker maakt, to'n Bewies.

Foftein maken

Holl den Wagen maal an
Stigg ut, kannst ok 'n Schritt gahn
Kiek di üm
Noorden de Fenn', daar achtern de Möhl an de Wiedau
Naar Westen to sühste den Diek
Süden kiekt 'n Silo dör't Holt. Van Südwest kümmt dat Weer
De Weg geiht naar Oost an de Siet twee ruppige Dannbööm.

Lüster naar alle veer Sieden
Du steihst mittenmang.

Keen Minsch wiet un sied
Kannst di an nix fasthollen
Keen Barg un keen Boom
De Wulken gaht över di hen
De Wind ruust in't Reet längs de Sloten
Du kannst dien Hart kloppen hörn.

Blangen den Patt lücht dat Korn
Tokamen Week staht blots noch de Stoppeln.

Un denn to'n Auto torüch.
Kiek na vörn. De Straat
Hett man een Richt.

Henkieken

Wilhelm Dräger to'n Andenken

De Heven övern Koog un wat daartohöört
De Wulken un de Farven un de Wind
De Äst van de Kastanie över't Dack:
Maak di daar 'n Bild van.
Keen Foto, dat's keen Kunst.
Teken schast dat.
Maal sülben wat du sühst.

Den Heven un den Koog? Daar kannst woll lütt bi warrn.
Gedüür di man. Kiek hen. Dat duurt ne Stünn
Denn steiht tolest een Blatt op dat Pappier
Van de Kastanie as redig as dat is.
Een Blatt. Wenn du nich schummelt hest
Is daar denn allens in: De Wulken un de Wind
Un wat du föhlt un dacht hest in de Tiet.

Dat höört nu di un de Kastanie to.

Sietaf

Glatties un Storm up de Straaten
Sietaf
Swulken un Möwen schriekt
Flücht vör dat Weer her
Du büst alleen mit de Nacht
    Dat is de Still' nich
    Wo du van drööмt harrst

De Flood övern Diek
Sietaf
In de Twölften dat Ies
Sneefüük un Hagel
Stampt di in'n Graven mit Macht
Regen und Küll un du beverst
    Dat is de Roh nich
    De du di vörstellt harrst

*

Kumm erstmal rin un verpust' di
Warm di up drink 'n Tee un'n Köm
Wenn dien Wagen torüch up de Straat schall denn bruukste 'n Trekker
Wi maakt daar keen Weeswark van
Een alleen kümmt daar nich gegen an

Teken

An'n Avend töggt de Swulken ehr' Ring
Disset Johr sünd dat veer Nester
Twee ünnert Dack an't Huus, twee inne Schüün

Verleden Johr weern dat noch acht
Veer Poor keem nich wedder
De harrn ehr Jungen nich dörkregen

Eerst harrn daar noch de Lünken in seten
Denn sünd se leddig bleven
Nu fallt se bi lütten an'ne Eer

Liggt an'n Wind
Gifft ok nich mehr noog Bööm
De Sloten staht dröög
Dennso kümmt se nich wedder.

*

De Lütten markt dat toeerst.

Schoolutflog

Söben swattbunte Köh
Loopt över de Straaten
Een achter de anner
Dat Wedder is moi un
Se loot sik ok Tiet

Dat Gatt weer jüst apen
Nu gaht se spazeeren
Un nödelt so sachten
Een vörn, söß daar achter
Un bremst den Verkehr

Inne Namiddagssünn
Kümmt se bi mi an't Finster
Kiekt mi up de Böker
Un freet min Geranien
Un ik grien torüch

Un as denn de Nawer
Fraagt of wi wat sehn harrn
Wiet af an de Kimming
Söben lüerlütte Punkten
Daar staht se an'n Diek

De Schaapswallfohrt

Dat weer ins in'n Harvst
De Göös de flögen na Süden
Dusend un dusend dwars övern Heven
Un du kiekst na baben un denkst: Kunn ik mit.
Daar füng dat denn an
Dat de Diekschaap sik sammelt
An't Gatt stunn un blarrt
Den heelen nattkolen un nev'ligen Dag

Se keem' nich to Roh un
Reckt de Häls in de Höögde
Daar hulp denn keen Hund nich
Se stunn stuur an'n Tuun
In de Kög' an de Westküst
Man ok up de Inseln
Up Eiderstedt un in Dithmarschen
Wo immer dat Schaap geev

Den darten Dag bröök se denn ut.
De Landschaap, Walliser un Pommersche Landschaap,
De Struufwullen Pommerschen Schaap,
De Walliser Swattneesenschaap
Witte Heidschnuck mit Höörn
Witte Heidschnuck ahn Höörn
De Waldschaap, de Karakulschaap,
Mit den Kopp dör den Tuun
Un över de Tackeln
Na Süden na Süden na Süd.

Över Eider un Elbe un över den Main
As Hannibal över de Päss
Sant Bernhard of Col Mont Cenis
Nu keem ok de Steenschaap lopen
Ut Krain Montafon un Tirol
De Bargschaap de swatten un witten daarto
Jakobschaap Rhoenschaap Ouessantschaap
Över Stock över Steen de Autobahn' längs
An'n Heven de Göös un hier nedden de Schaap
Na Süden na Süden na Süd.

Nu weern se al in de Toscana
Un nu al bi Rom in 'e Neeg
Se freet nich se slappt en Muul Water
Dör dröge Stepp stinken Sümp dör de Wööst
De Romanovschaap, de Walachenschaap
Scottish Blackface un Ungarisch Zackelschaap
Skudde un Rouge de Rossilion
Na Süden na Süden na Süd.

An de Küst van Kalabrien staht se
Kiekt övert Water un blarrt
Bi Dover baben op't Witte Kliff
Blifft se stahn un blökt in'n Kanaal
In Marseille störmt se de Fähren
Se stoppt den Verkehr up'n Balkan un liggt
Up'n Strand van'n Peloponnes
So wiet sünd se komen
De Tog is to End
An't Middelländische Meer.

Un wenn du worüm? fraagst
Dat gifft keene Antwoort
De Wetenschap fallt daar nix bi
Dat kunn woll de Göös sien
De Harvst un de Küll harrn
Ehr Deel noch daarbi daan
De Dieken de seht man wat ööd ut
Un in dien niegen Pullover
Steiht nu: Sicilian Wool.

Verkofft

Ik dreih mi nich üm. Das Huus hört mi nich mehr to.

Wo ik henwull dor kunn ik nich bliewen
Ik dreih mi nich üm.
Wo ik up de Süll stahn dee
Do kiekt nu 'n anner in Wind
De hett hier dat Seggen.

Wat blifft denn för mi

Niedsch up de Swulken
De kümmt ut'n Winter
Un sünn all tohuus

Niedsch up de Katt
De wi inbuddelt hefft
Hier ünnern Flederbeerbusch

Niedsch up de Kastang
De steiht
De ritt se nich rut

Un hett di dat tohöört?
De daar up de Süll steiht, ik segg di
De hett dat ok lehnt.

Karkhoff

Speelwark

Witt un Swatt
Mewen un Kreihn
De Witten fleegt up
De Swatten gaht daal
De Swatten fleegt up
De Witten gaht daal
As wi dat speelt hefft as Kinner.

Mewen up een Flach
Kreihn up dat anner
De Swatten fleegt up
De Witten gaht daal
De Witten fleegt up
De Swatten gaht daal
Un beid kümmt sik nich inne Mööt.

Swatte Daag un witte Nachten
Swatte Nachten witte Daag
De Witten fleegt up
De Swatten gaht daal
De Swatten fleegt up
De Witten gaht daal
As dat mit de Johren so löppt.

Dat Speel geiht to Enn
Swatt un Witt eenmaal kümmt dat dör'nanner
Denn fleegt se tosamen
Du sühst dat nich mehr

De Flegen

Ganz sünner Aten wenn nixnich sik röögt
Twischen de Tehn verleert sik dat Lücht
Twischen de bloten Finger, de Flegen de blievt
De Flegen de geevt dat Geleit
In de Düüsternis beverig tatterig
Amenn nix anners mehr höört.

Kiek daal up di sülven. De Nagels frisch sneen
Dat gladde Laken van Nadeln fastholln un stief
Nu as de Düüsternis kamen is segg mi wat heff ik vergeten
De Flegen de geevt das Geleit in den Slaap
Beverig tatterig
Düüster vör't Ogenlidd dücht mi van Glas
Wietaf nu dat Bevern

Dat weer warm, röökt harr dat na Hau un na Holt.

He steiht vör de Kuhl

De Wöör fallt as Snee
Sünner Posen un licht
Undüütlich un bruukt un vergeten
Nipp un nau as de Tähn
Van Tiger un Hai
Of sacht of unkennt of unweten

Güntöver as Frünn'
Towedder in Striet
Daar is nu nix Godet van bleven
Wat seegt is is seggt
Un deit di dat leed
Denn maakt dat doch nix wedder even.

Streu Salt in de Wunn'
Un Blomen up't Graff
De Doden de köönt sik nich wehren
Un kennst du dat Woort
Denn segg em dat nu
Un denk di he kann di noch hören.

Advent

De dodbleven sünd güstern un ehrgüstern
Staht nu wedder up
Daar schall een kamen
De hett Macht övern Dood.

Gah an'n Diek un bliff stahn as en Boom
Wenn de Manndränke kümmt
Holl de Fööt an de Eer un tohööchd mit de Fuust
Wenn se di afhalen kümmt
Hefft se di in'n Schiet pedd
Stah up maak di wedder up'n Padd
De daar kümmt de striddt för de rechte Saak
Dat harrn se di seggt

Wenn di nich rögen kannst dat Muul vull Sand
Blind de Oogen de Hannen broken un twei
Vergitt nich he kümmt

Mit de Tiet wasst Liguster över de Kuhl
Em to begröten

„Gra schopf, gra bart, der dritte bot ist daz gegiht,
Zanlos, toup, blint, der vünfte bote sumt sich niht,
Dempfig und hust, der sechste bot ist bös gesicht,
Der sibent bot macht dich ein kint, daz du dich nicht erkennest."
— Meistersänger Barthel Regenbogen

De Stimm

[Brüder Grimm: Die Boten des Todes]

Regenbogen
Över de Kark
Binäven verdrögt de rotbunten Astern
De se di mitgäwen hefft.
Un Steen bi Steen.
Wulken trekken sehn sacht över See
Dör niegen Snee gohn de knarrt
Op de Wind in de Telgen lustern bi Nacht
Sand ünnern Finger

Ick hör de Klock van'n Toorn de klingt noch naa
Amenn spörst du denn woll en annern Toon
Wi doot nix mehr daarbi

Van güntsiet keem en Stimm: Wat plusterst du di op?
Ick hebb di mine Baden schickt, hest dat nich maakt?
Dat Fever full di an un smeet di daal
De Gicht de plaag' di un din Ohr weern doof
De Tähn de piert du kunnst meist nix mehr sehn
Un elkeen Abend keem denn noch de Slaap
Un du liggst as'n Doden in de Nacht.
Du hest dat all mißkennt. Verkladdert un verdahn.
Un hett di ok nix hulpen as dat weer.

De Klock de swiggt. Du kannst de Stunnen telln:
Se hollt nix fast un geevt ok nix daarto.

Ut den böbersten Krink

Se schuv' mi stött mi in de Döör
Ik weer al trööst
As ik de Böker seeg
Schapp naar Schapp
Un Reeg un Reeg un Reeg

Wat ik mi afplackt heff all de Johrn
Dat schall mi nu lohnt warrn
Ik sitt denn un lees
Bet dat de Tiet to End geit
Hier schall ik se finnen
All de Böker de dacht weern
Schrieven weern druckt weern
Un de noch kamen schulln wenn ehr Tiet kümmt

Greep in de Riech un sloog dat eerste up
Dat eerste, das tweete, dat drüdde
Noch een, rutreten upslogen
Un wull dat nich glöwen

Witt
De Bläder weern witt
Keen Woord
Dat blanke Pappier
Dusend un dusend un dusend Böker
Mit nix as leddige Sieden

Tranen gev dat nich daar wo ik weer

Du schust nich lesen, sä de Stimm
Schrieven schust du
Daar nedden dat weer dien Tiet
Wat hest du denn sehn
De Daag de Böker de Minschen de Wöör
Wat hest du ’van maakt
Nu schast du wat seggen
Gaatliche Roh de gifft dat hier nich

Mi wörg dat in’n Hals

Ik kann up nix kamen
Wat weet ik denn nu van de Werld van de Lüüd
Maleens van de Wöör
Mit de Wöör weer ik jümmers togang
Man wat mit de Lüüd weer

Much de Hannen nich lieden
De mi övern Kopp strieken wulln
Bleev hocken achter de Tennsdör
Un keek nüms nich an
Krööp unnern Disch
Wenn wi Besöök harrn
Wull dat Gedicht nich upseggen
Wat ik lehrt harr

*

Dat weer’t wat ik schreev

*

De Bunker swalkt un giert in Biesternis un Schreen
Help Gott Herr Jesus help wat schull dat warrn
Dat stickt us all dat wörgt us all to Dood
Un ünner't Schrieken blots de düüster dumpe Toon
De Bombenupsläg' haut an Dack un Wänn
Daar weer keen Lücht daar weer blots Graun un Nacht
Un eene Hand de krallt sik an mi fast
De komen Upslag reet us van de Bank
Un denn keem een de pett mi in't Gesicht

Un denn warrt' still. Un as ik to mi keem
Seet ik up enen Koffer in de Eck
Dat Lücht dat flacker bleek un keen daar vör mi stunn
Ik kennt em nich un harr em nie nich sehn.
He keek mi an un ut dat rechte Ohr
Kreep sachten liesen eene Spoor van Blood
An sienen Hals lang in dat witte Hemd
Ik seet un keek blots up den roden Plack
He seeg mi an daar weer keen Woord to höörn

Wi harrn dat överleeft un keem denn ok na Huus

Dat stunn noch hell in Gloot un sack denn in sik daal
Kümmt daar en Dag un kunn dat Morgen warrn

*

Hier nedden de Höll
De Dood kümmt van baben
Dat Swiegen en lütt blaag Grientje
Vergeten de Larm dat Gekrisch
Slaap achter Blood achter Tranen

Lang utstreckt in't Kruut
De Sünn över mi un
Denn föhl ik den Wind
Blangen de Wulken to drieven
Un nedden de Wohld
Ehr denn ik lütt weer
Vörtieden en Kraan
Wunnert sik de Vagel dat he flüggt?

*

As'n Uhl
De Dood an de Tennsdöör pinnt
Du sühst em in de Ucht in't Haallücht du sühst em dat Johr dör
Besünners in'n Harvst
De Tähn rod un swatt van Johannsbeer
Kakelbeer Flederbeer Blood
De naar Siekenhuus smeckt un naar Eer

Nich torüch, nie wedder torüch nich.
Ik will aten so lang as daar Lucht is
So lang as daar Licht is wat sehn
Daar schall keen Wand un keen Dack sien
De Kraans ünnern Heven to sehn

Du steihst in'e Merrn van de Windroos
Daar schall keene Muur un keen Schrank sien
In de Sünn an de See lang to gahn
Du sühst man de Wind un de Möven
De Wulken un nedden de Sand

De Möven
Se krischt un fallt ut de Lucht
Se kümmt up di to se flarrt se rögt diene Hoor an
Un een kiekt di an
Kiekt di in't Oog dreiht wedder af un du beverst un höllst
De Hand vör't Gesicht

Wohr di! Daar warrt nix vergeten
Keen di utsöcht hett lett di nix na.

*

In miene Drööm daar pett ik döör de Stadt
Un wo ik bün daar weet ik nix van af
Dat is nich miene Eer dat is mien Heven nich
Nich miene Spraak
Ik bün in'n falschen Film

Een stött mi an un schufft mi anne Siet
Ik stölter un denn ligg ik in de Gaat
Un över mi mit lütten Trippelschritt
Een Kinnergoorn
Se singt mit dünne Stimm'

Un hollt de blaag un rooden Luftballons
De lütten Fööt kaamt slurig up mi daal
Un nagelt mi för alle Tiet to Grund
Dat is dat Leed
Van Lücht un Tovertruen

*

De Kraans sünd al wedder na Süden
De Wulken staht lang vör de Sünn
Laat mi nich gahn.
Maak mi to'n Hummelbloom
Maak mi to Klewer of Braam
Dat ik en lütt beten lücht
Mank all dat Gröön.
Holl du mi fast.

Esch un Eek fallt.
Wicheln blifft un Machangel
Keen Holt to'n Timmern un Bugen
Keen Mast för de See.
Mitto en Fleut in de Ulenflucht
In't Haallücht en sachten un trurigen Toon.

Dat Johr

Wicheln in'n April

Ik keek ut'n Finster hüüt morrn
Buten leeg noch Nevel dat Licht weer man lütt
An'n Tuun up de anner Siet de Wicheln
Twee Johr sünd se nu
De weern witt van den Frost.

Dat seeg anners ut as de Sünn dörkeem.
Sülvern Puscheln weern dat
Wat so witt lücht harr
Wenn ik nu röverkiek
Warrt mi heel warm

Maileed

Ik weet: De Swulken kümmt torüch
Denn gröönen Gras un Kruut
Das Loof warrt nieg un blank, ik weet
De Bööm slaagt wedder ut.

Ik weet: De Mai kümmt elkeen Johr
De Licht un Leven bringt
De Sünn de eit de ole Eer
Dat allens lacht un singt

Bliff mi van't Lief mit dienen Riem
Dien Lust geiht mi nix an
Bi warme Sünn un klare Lucht
Seh ik dat Wedder slahn.

Desülve Lust desülve Danz
Desülve Vagelsang
Dat kümmt mi bi de Ohren rut
Un duurt mi al to lang

Mi kümmt dat vör, as büst du hüüt
Up eenen Oge blind
De Minsch is doch nich so naiv
As diene Verse sünd

Laat mi in Free'n! Ik gah to Huus
Dat ik daar nix van seh'
Denn höll ik mienen Sümmerslaap
Un töw' up Storm un Snee.

Augustmaand

Wat hest du belevt
Do buten an'n Diek?

Dat Watt un de See un baben den Heven
Wulken un Möwen un nedden den Sand
An de Lippen den Wind
Dat Salt op de Tung
Un dat Licht

Wat hest du hört?

Dat Reet ruust un suust in de Slooten
Dat Schrieken un Piepen in'n Busch un in't Gras
Un de Still

Un wat hest du dacht?

De Summer ward oold, heff ick dacht
Treck di wat an
Hest all lang luert op de Kastanjen
Op Flederberen un Klever an'n Patt
Denn ward dat woll Harvst

Un noch?

Och lot mi tofreen.

Harvst

Sühst du de Kraans an'n Heven
De dör de Wulken drievt
Mit heesche Rööp un Bagens ahn Enn
Teken in't Blage schrieft

Sühst du de Swulken flegen
Sümmer un Harvst meist vergahn
Licht un Sünn un na Süden de See
Warrt di vör Ogen stahn

Hörst du de Göös baben schrieken
De drifft de grötere Macht
Dusende gaht up unsichtbore Spoor
Un as en Storm dör de Nacht

Fast an dien Tappen nagelt
Bliffst du hier nedden alleen
Vagel in'n Winter. Un heel över't Land
Fangt dat an liesen to sneen.

Avend in'n Harvst

Du sühst de Schadden danzen an de Muer
Wo Wulken sik un Middagsgloot verbindt
Dat Summerspeel van Licht un Nacht un Truer
Wenn Sünn un Wind tohoopkümmt un sik findt.

De Bläär un Telgen bevert swatt un sacht
De Gnitten flirrt un sirrt. De Klock blifft stahn.
Un liekers dreggt de Swulken al de Nacht
Merrn in dat Licht, bi lütten nu vergahn

Dat bleek de Oogen slütt un sünner Farv
Un Füer to Enn kümmt nu dat Avend warrt
Un Düüsternis un Truer blifft as dien Part
Van Dag un Summer ene letzte Gaav.

Schummertiet

He nickkoppt 'n beten
Hollt de Hann' inne Tasch
Ooldmödig Deert hett sin Leven lang Böker bekeken
Veel lehrt hett he nich bi dat Tüüch

Slurt den Padd daal snackt mit sik sülben
Pliert in'n Heven töwt up de Sünn
Sitt anne Muur un kiekt na de Kinner
Kiekt na de Swulken un wiest se de Tähn

Vertellt Geschichten de he sik man inbildt
Wat hett he drömt wat hett he beleeft
Hört he dat blots edder hett een wat tuschelt
Buten un binnen vertörnt

Denn is dat beter he swiggt. He seggt nich mehr veel
Kiekt dör di dör as wenn he di utlehrt hett binnen
Nahstens geihst em beter ut'n Weg
Amenn kümmt em een in de Mööt de all ünner de Eer liggt

He nickkoppt 'n beten
Daar weer doch noch wat

Diane vaincue

Trauer und Licht und beides angebetet, wie
still das alles in ihm ruhte, und dann die
endenden Sommer mit dem Violett der
Distel und der schwefelgelben, der heißen
süßen Rose Diane vaincue.
— *Benn*

De Morrn is koolt un schuddrig un de Daak
Krüppt ut de Sloten bet an dien Gesicht
Du striekst so över Gras un Büscher hen
Un plierst wat möhsam in dat grise Licht.

Nu is dat Harvst. He hollt di anne Lien
De nackten swatten Telgen schriek: Vergahn!
Wat güstern blöh, kann hüüt nich mehr bestahn
Un du richst di up Küll un Winter in

Un alle Summerfarven, Prahl un Pracht
Fallt nu tohoop in ene geele Roos
De steiht noch kiebig blied un glau nerrn an de Heck
So recht dat Gegendeel van Düüsternis un Nacht

Hüüt lücht se noch ganz krall un upsternaatsch
Blöht morgen noch in hitten Ruuch, un denn
Kümmt ok för se dat Enn in Mulm un Matsch
Diane vaincue, de Roos van Doktor Benn.

Wintertiet. Runn dör'n Goorn

Wi wüllt denn man Rasen sein.
Keenen Boom plant'
Keen Tiet
Un blots de Annern ward öller.
Keen Tiet
Jümmers keen Tiet.
Wat is mit de Johren
Se löppt
Se hollt us nich ut.

De Sandborg an'n Sünndag an'n Strand
Mit Muscheln un Fahnen un bunte Ballons
Daar kümmt all de Flood

Steen un Namen
Daar gifft dat en End vör
Wo lang blievt de Denkmalen stohn
Wat is mit de Johren
Se röökt all
Sünn all mit'nanner goor
Afslepen de Süll drögfullen de Soot
Rasen, keen Bööm.

Frohe Festdaag

Wohr di weg vör'n Ilex
Faat em nich an
Gröne Döörn un rode Beern
Füer dat schrient
Wiehnachten is denn de Utnahm
Daag sünner Prackeln un Pien

Wohr di weg för Graden un Grientjes
Allens wat brennt un stickt
Holl den Duum nich in't Licht
Wiehachten is denn de Utnahm
Loot de Woot vör de Döör

Holl fast an wat du nich glöwt hest
Luur nich up ne annere Stünn
Disse Tiet in't Johr hööört de Göörn to
Dat steiht fast dat is jümmer so west
Denn Wiehnachten is doch de Utnahm
Kannst du dien Wiehnachtsgedicht?
Spagat twischen Twiefel un Doon

Un denk an den Ilex

Feernreis

Scheep gegen West
Krallt sik de Bööm an'n Grund
In Snee un Wind

Pappel un Eek
Kort is de Winterdag
Feern is de Sünn

Packt di de Storm
Warrt di de Aten knapp
Holl di an'n Stamm

Een soren Tack
Wies no den Heven rop
As Amulett

He faat di an
Un bet naar Island hen
Slippt he di mit

Un sett di af
Blangen bi Reikjavik
En grönet Blatt

Leege Tieden

Leege Tieden

Vadder is bi Nowogrodek bleven
Veerunveertig in'n September
Fürder weet wi nix
Den Breef harr ik funn' as Mudder dood bleev
Foftig Johr laater

Mudder liggt wo se born un upwassen is
Se is nich veel rutkomen
Se wull keenen Steen
Nu is daar ok keen Graff to besöken

Up'n Foto dat sünd se doch nich
Fierdagsgesichter
Dat weer bi de Hochtiet
Dat bi de Konfirmatschoon

Kiek naar baben de Wulken övern Koog
Fastholln kannst du se nich

He warrt di woll finnen

De Schattengrenz' treckt över Land
Kiek di dat an
Bruukst 'n beten Gedüür to

An de Wicheln stunn jüst noch de Sünn
Nu kümmt dat bleek över de Koppeln
Daar is keen Toon

Koolt puust di dat in't Nack
Du kiekst di üm
Un slöggst den Kragen op

As wenn daar wat schreen de
Hebb ik mi dat inbilldt
Much wesen
Is ok glieks wedder still

Dunnerslag

Dat gifft Storm de Meven flücht ielig van buten in't Land
Dümpelt up de Wehlen schriekt över de Fennen
Teken van dat wat nu kümmt
Treck de Mütz in't Gesicht
De Wind kümmt van vörn.
Sachten brummen twee Fleger sietaf an de Kimming

Up de Wischen de Göös staht dicht bi'enanner
Dusend un dusend so wiet as du sehn kannst
Se roopt man liesen di dücht meist se tuschelt
Nu sünd ok de Mewen ganz still worrn
Daar is nix as Düüster un Wind

Miteens pladdert dat daal un du kannst di nich schulen
Dat ritt di de Mütz weg du höllst di man knapp up de Been
Luuthals trumpetten de Göös un krieschen de Mewen
Tagels van'n Heven daar is keen Straat un keen Padd mehr
In Raasch un vergrellt gellt van baben de Stimm

Dwars övern Heven treckt dat Gröhlen un Jöhlen
Sieden vörbi an de Püll van Esch un van Eek
Ritt di an'n Kopp un rohrt di hellsch dör de Ohren
Un warrt nich still. Dat Water vertreckt sik
Man de Larm hört nich up. Un as dat nu hell warrt

Krüselt se brüllend över di hen de beeden Maschinen
As Blitz un Dunner, Teken van dat wat noch kümmt.

Ikarus

Wenn nu en Engel van'n Heven fallt
Afstört
Amenn up de Kuppel van en Atomkraftwerk
Man dat heet doch
Daar fallt nich een Lünk van't Dack
Wenn He dat nich will

Ikarus
Mit Flögels ut Feddern un Wass
Keem to neeg an de Sünn
Verdrunk twischen Samos un Patmos
Se funn' em an'n Strand
So heet nu de Insel Ikarios.
In de olen Atlanten stünn:
Dat Ikarische Meer.

Na den Engel daar heet keene Insel
De dat weten mööt seggt
He is ut de Gnad' fulln
Daar kümmt en Dag
Denn deit sik de Afgrund up
Un de Werlt höört den afstörten Engel
Dat steiht in't Book.

De Afgrund is so deep nich in Krümmel
In Gundremmingen Brokdorf un Biblis
Un Luzifer Samael Satan
Steiht nich up de Landkaart.

Wind inne Twiegen

De kümmt ut verleden Johren de Wind
Dat bruust in de Bööm de em antert
He sülven is still

Keen Schrieken keen Stöhn' un keen Anken
Ik heff daarup luurt
He schall woll swiegen

Un de schrieken deen
In de Tackeln
Wo sünd se nu hen

Blues

Mitto gifft dat so'n Weer denn steiht nüms geern alleen an Deck
Un wenn de Regen schütt dat sik de Hunn' verkrüpt
Denn finnste narms 'n drögen Placken un keen Boom
Keen Dack keen Holt wo du di schulen kannst.
Un dat gift Tieden daar is elkeen Dag
Ut Gruus un Plünn' un hört di gaarnich to
Verbudel man de Hannen inne Tasch
Un treck den Kopp in maak den Buckel krumm
Dat kann wat duurn.

Amenn kümmt di so'n Laster inne Mööt
Un sprütt di mit fief Achsen Sott un Schiet an't Been
Nu kiekste wat bedrippst mit Dreck bekleit
Wi weet doch all' dat gifft ok so'ne Daag.
Versök man maal daargegen antofleiten
De Wind smitt di dat in de Tähn torüch
Daarbi geiht di de Puste ut denn jappst du al
Un is so recht nix mehr mit Männerstolt
Daar kannst up luurn.

Nu laat man wesen kannst doch nix bi doon.
Kiel maal na baben in de Wulken hen
Un wo dat denn en beten heller warrt
Daar stüür up to un holl de Hoffnung fast
Denn warrt dat so bi lütten beter warrn.

Man dat helpt blots wenn en an glöven deit.

Ümtrekken

Inrichten
in dat wat noch blifft
Den heelen Dag Licht in'ne Köök
dat Finster to'n Hoff
Petunien up'n Balkon

Veel is van de Böker nich bleven
nich up'n Brett nich in'n Kopp

Inrichten
up dat wat noch blifft
Disch un Schapp
Dor steiht noch'n Stohl vör de Glotzkist

Good Nacht denn

Lütten Tip an de Kinnergoorndöör

Vertell mi nix! Du hest se ok sehn
Se drömt van Kädensagen
Van Unfäll up de Autobahn
Van lüerlütten Sargen

Süht ut as du un ik
Man bet up de Ogen
Kiekt över di weg
Röökt ut't Muul na Sprit un Maad

Du weeßt van nix? Dien Kinner drapt se
Wenn se an'n Computer sitt
To nachtslapen Tiet
Hest wedder nich uppasst

Wohr diene Gören!
De Ogen de seggt di
Wo wiet se al sünd.

Mien Jehann

Ick wull, wi wer'n noch kleen, Jehann,
do wer de Welt so grot!
Wi seten op den Steen, Jehann,
weest noch, bi Nohwers Sot!

Se sütt nu anners ut, de Möhl. Een witten Mast
Propeller de sik mank de Wulken dreiht
Blots hier an Diek daar staht al foftein Stück.
Dat mag woll wesen, dat desülve Wind
Daarövergeiht as in de ole Tiet.

De ole Tiet! De Soot is noch so deep
As ehr. Un nedden mien Gesicht
Lücht to mi rop un röppt mi: Lüttjohann!
Keen schull daar antern. Denn ick bün dat nich.

Bün dat all lang nich mehr. Mien Bild in'n Speegel hett
Meist noch 'n beten üm de Ogen rüm
Van de lütt Jung de sik verkrupen dee.
De dreiht sik üm un kiekt mi nich maal an.

Nöhm dat nu as dat is: de Möhl, de Soot
Un wat nich blifft of anners wedderkümmt
As du dat dacht hest. Truern helpt daar nich.
Knippög den Jung in'n Speegel to, un wenn he grient
Denn geiht dat meist van sülben. Holl di stief.

Doktor Faust

As Eide Fouwes, den se den Doktor Faust nöömt,
den Verdrag mit den Düvel unnerschreev,
so sä'n se, hett he sik dree Deel utbedungen:
Eerstens wull he för sien Peer jümmer een gode, harde
Landstraat unner de Fööt hebben.
To'n tweeden alltiet frisch Water to'n Drinken.
Un drüddens wull he jümmers frische Frucht to eten hebben.
As de Düvel em disse dree Deel toseggt harr, hett
Doktor Faust den Verdrag mit sein Blood
unnerschreven. Denn so schull he sien Seel hebben
— Franz Fromme

Woför giffst du dien Seel? Di fehlt dat doch an nix.
Döst un Smacht de hefft wi meist vergeten.
Un wo dat herkümmt wat wi all'ns verputzt
Dat geiht us doch nix an. Wi hefft doch tahlt!
Na denn adjüs, un öwerfreet di nich.

Woför giffst du dien Seel? Elkeen na Gunst un Gaav.
Keen in'n Stau steiht röppt woll ok den Düwel.
För den Verdrag een lütten Droppen Blood.
Un friee Fohrt för friee Bürgerslüüd!
Amenn kümmt diene Stünn jüst up de Autobahn.

An'n Strann

Wi weern Muscheln söken an'n Strann
    Holt un Plünn
    Rood un geel mank dat Feek
    Blenkert Plastik
    Bummellaasch
Dat mehrste sünd leddige Buddeln

Jedeen Flood bringt wat Nee't daarto
    Ünner't Drievsel
    Tampen un Teer
    Bruukte Gummis
    Ne dode Duuv'
    Aaskraam
Scharven un Schiet

Wie hebbt ok Muscheln funn' man de weern in Dutt
Mehrstendeels

Feek = trockenes Schilf

Afscheed van Tobbi

He kiekt nich na baben. De Wulken
Sünd nix as Schadden up'n Padd.
He snökert un snifft un denn jöhlt he
Daar kaamt em de Schaap jüst topaß
De neihn ut un he achteran
Un jachtert un maakt 'n Bohei:
Ik warr juh dat wiesen!
Nu blökt ok de Schaap.

Denn warrst em woll ropen
He deit so as wenn he nix hörn dee denn krüppt he terüch
Löppt Ringen un stött mi an't Knee:
He hett doch nix dahn.

Denn büst du alleen bleven Tobbi
Un de süst allens wußt harrn
De wußt nich mehr wieder
Un kunn di nich helpen
Mien Fründ

Elkeen Dag in de Ucht padeleern wi de Straat lang
Sachte in't Haallicht liesen dat is noch meist Nacht
Tobbi snüfft an de Bülten un gnurrt an de Sloten
Baben de Göös schriek in Duustern süst is dat still
Up'n Stutz steiht he fast stellt de Ohren up dat warrt de Katt sien
De swatte van 'n Naber Mäuschen hefft se se nömt
De rögt sik nich töwt dat blots af un is denn al wegwitscht
Wenn he ran is un Larm maakt. Benaut steiht he daar.

Nu bün ik alleen up'n Padd Tobbi
Totieden töw ik up di
Un hör di jachtern achter mi an
Ik kunn di nich helpen
Mien Fründ

Dat warrt al wedder sneen wi blifft beter to Huus
Du liggst al daar wenn ik miene Fööt ünnern Disch stek
Un leggst mi de Poot up'n Foot
Tobbi mien Fründ.

Ole Geschichten

Wat een so hört

Keen de Vagelspraak lehrn will
Mutt een Johr lang
Elkeen Dag een Nachtigallentung eten.
Daar hört noch 'n Spröök to
Den hefft se mi nich seggt.

He hett dat dohn un versteiht nu
Wat sik de Lünken vertellt.
Dreehunnertsößunsößtig Nachtigallen
De seggt nix mehr.
Is‘n Schaltjohr west.

*

HAs 'n Minsch to snacken
Dat hett sik de Drossel in’n Kopp sett.
De Papagei höört ehr af.
Se kümmt daar super mit lang seggt he.
Se quinqueleert all
As’n Handy.

*

In de Schüün in Duustern daar hangt se
Fladdermüüs
Verdreiht Steert naar baben un slöppt.
Moin!
Mit di snackt wi nich seggt een
Du löppst jo
Över Kopp.

*

Kiek maal över de Kant.
Dat geiht daar bannig deep rünner!
Nu kumm.
He keem neeger, sachten, mit lüerlütte Schreed.
Se stütt em daal, he fladdert, flarr, he flöög
Mank Wulken un Wind.

De Geschicht van de Müllersdochter

[Brüder Grimm: Rumpelstilzchen]

De Keerl keek ehr an, mööd un trurig un oold as Steen an de Seekant.
»Du hest verspeelt. Ik heet nich Rumpelstilzchen.«
»Dat kann doch nich angohn. Ik heff de Geschicht sülben hört.«
»Ik kenn de Geschicht. Blot de Naam de stimmt do nich in.
Trillevip harrst seggen schult,
Tom Tit Tot,
Titeliture.
Daradirumtarides.«
»De hört daar nich to«, sä de Deern. He smustert wat licht.
»Is all'n beten her. Du weeßt dat woll beter as ik.«

De Keerl keek ehr an.
»Du kannst min Lütte nich kregen!«
»Wi sünd hier in de Geschicht, mien Deern. Dat is nu mien Kind.«
»Ik geev dat nich her. Goldvagel hett he ehr nöömt,
Goldmäken,
Min lütten Goldschatz,
Goldengel,
Min Gold.«
De Lütt' weer nu upwacht, snückert un quarr vör sik hen.

De Keerl keek ehr an.
Is do denn Leevde bi west?

»Gold för Leevde. Ik warr di nix nehmen, mien Deern.
Beholl ehr man. Leevde för Gold. Wat froogt wi no de Geschicht.«
Un se wuß nich: Wat harr se em seggt.
De Lütte blarr los
Un daar weer nix as Stroh denn, dat Huus un de Luft weern vull Stroh
Ne Masse Lüüd un Möhlenflögel de suust,
Man de Lütte, de Lütte weer bi ehr in'n Arm,
Se harr ehr säker un dacht:

Wat sünd dat för Ogen.

De beeden Wannerers

[Brüder Grimm: Die beiden Wanderer]

En Snieder, en Schooster, weern twee.
Se keem' in den Düüsteren Wohld
Söben Daag keen Minsch un keen Huus
En tohext un tövertet Holt.
    Schooster du hest dat Broot
    De Snieder hett Hunger un Smacht.

Un as dat an't letzte Stück Broot keem
Beholt dat de Schooster alleen:
So giff mi een Oog för den Knust van dat Broot
För't Water dat annere Oog.
    Schooster du hest dat Broot
    De Snieder de kunn nix mehr sehn

Ik bring di rut ut den Düüsterwohld
Un geev di een Staken daarto.
He lett em ünner den Galgen stohn
De Kreih de seet up den Pahl.
    Schooster wat hest du doon
    För'n Snieder daar is keene Hülp.

Wat seggt em de Kreih in sien Droom?
De Dau ünnern Galgen is riep
Em jüst up de Ogen to slaan
Denn sühst du as Aadler un Kreih
        Schooster dat warrt di vergellt.
        De Snieder de kunn wedder sehn.

Den Schooster den dreev dat torüch
En Band van Isen üm't Hart
Se stött up em daal un se hackt em in't Oog
Dat en un dat anner togliek.
        Schooster dat warrt di vergellt.
        Un dat is de ganze Geschicht.

Joringel

[Brüder Grimm: Jorinde und Joringel]

De Olsch keek up de rode Bloom.
„Do't nich!" Se wuß woll wat daar keem.
Joringel keem näger. Se siss as en Katt
Reet de Hannen tohöcht un krall in de Lucht.
He wuß: Se kann di nix doon.

„Laat ehr gahn!" Ehr Ogen sprütt Füer.
Se spee up sien Arm, dat geev en lütt Flamm
Weer glieks wedder ut.
Un en Schritt näger. „Noch eenmaal: Giff mi mien Jorinde!"

Se huult: „Wi sünd daar noch lang nich mit döör!"
De Fööt worrn ehr week, de Bodden geev ünner ehr na
Se swabbelt un swalkt.
„Nu schall dat vörbi wesen! Wohr di, ool Hex!"
En lüerlichten Tipp mit de Bloom.

De Vagelstimm de swiggt, wat Köhligs puust em an
He seeg nix as de roden Ogen van dat Wief.
De Tiet bröök twei un markt en niege Stunn
Un allenst röök na Rosen un Viool.

Un weer de Spöök vörbi? He seeg de Olsch nich mehr
Wo is Jorinde nu? He holl sik an de Bloom
Dat geev en sachten Storm van Feddern un van Flunken
Un lütte Stimm' piept Wöör de he nich kennt

Keen Trallen mehr un dusend Vagels bruust
In'n groten Swung na baben in dat Lücht

Wo is Jorinde nu! Daar pickt wat an sien Hand.
De Nachtigall. Zicküht! Se is nu free.

Drööm bi't Gööshöden

[Brüder Grimm: Die Gänsemagd]

Lütt Deern
Snackt mit den Peerkopp över de Döör
Löppt mit blote Fööt dör Nettel un Döörn
Snackt mit den Aven
De Göös schriek achter ehr an

Lütt Hex
Wat fladdert un flarrt se dat Hoor
Flasskopp wat lücht dat man blond
Wiest den Wind wo he weihn schull
Jagt Kürdchen över Land

Lütt Wicht
Bring Water bööt Füer wat is mit de Göös
Ieversüchtig un nietsch up de Kamerfru
Sweet un Tranen buten un binnen vertörnt
O Falada die du hangest

Gedüür
De swatte Düwel de speelt nu de Fru
De Stunn warrt kamen, denn kümmt all an'n Dag
Mit de Pietsch van'n Hoff hissen will ik dat Wief

De Stunn' is nich komen
Keen glöwt an de oole Geschicht.

De sösste Broder

(Brüder Grimm: Die sechs Schwäne)

Wenn ik baben de Swaans hör mien Süster
De över den Heven hen bruust
Wedder Storm wedder Wulken un Weer
Nedden de Wohld un nedden de Heiloh un nedden de See
Ik kann hier nich sitten un stohn
Un nich mit de Fööt an de Eer

Wees still mien lütt Broder wees still

Un sünd wi nich söß ween mien Süster
De flögen free ünner de Sünn
Na Süden na Noord na Luv un na Lee
Licht as de Dag tohööchd as de Sünn un swind as de Wind
Un hupp as en Pogg hier in'n Sand
O weer ik en Mööv över See

Wees still mien lütt Broder wees still

Dat hest du mi daan leve Süster
Mien' Bröer sünd nu reddig as ehr
De Spöök is vergahn un se hefft ehr Gestalt
Een Swaansflögel blifft mi en Mau an mien Hemd harr noch fehlt
Nich baben nich nedden nich Heven nich Eer
En Monster daar helpt keen Gewalt

Dree Johr heff ik swegen lütt Broder
Verloren ok dreemaal mien Kind
Un wullt du nich still sien so schriek ik mit di
Un ik geev di de Hand un wi springt van de Klint
En afstörten Swaan un en tweireten Hex
Un Broder un Süster togliek

Rosen
[Brüder Grimm: Dornröschen]

Döörn as Hannen hollt di fast
Kummst nich wedder rut

En Deern jung un schöön as de Sünn
Verhext
In'n Toorn van en tövertet Slott

Slöppt al mehr denn negentig Johr
Mang de Döörn
De Geschicht harr em packt

De Doornheck sleit över den Toorn
Tohoop
Keen Döör, keen Door un keen Poort.

Dat ole dat iserne Woort
Nie nich t'rüch!
Un los up de gröne de levige Muer!

Sla to! Ut dat struppelig Bläärwark
Drippt Blood
Van den Strunk, van dat egene Hart

Döörn as Hannen hollt di fast
Kummst nich wedder rut

Se grippt in sien Hart as se lacht
Lippen as Blood
En sülvernen Stern up de Steern

Se nimmt em sachten in'n Arm
Leeftallig en Katt
Ehr Lief lett as Fröhjohr un Morrn

Vergeten dat iserne Woort
Un bleek de Bläär
Toletzt seeg he ehr Gesicht

Mit sloten Oogen un blinken Tähn
De Stern de lücht
Un de Rosen, de Rosen weern witt.

In disse Saak daar hulp nich Leev nich Moot
Amenn sünd morgen hunnert Johr vergahn
In de Geschicht van Leven und van Dood.
Denn warrt de Heck vull rode Rosen stahn.

Maleen

[Brüder Grimm: Jungfrau Maleen]

Du hest nich in'n Torn säten Maleen
In't Düüstern seet ik
Du hest mi daar ruthalt Maleen
En bitterer Sieg
Du kunnst dat nich weten

Kunnst ok anners heten Maleen
Liggt nich an'n Naam

Se keek mi an
Ik kunn nich mehr aten nix seggen
Se faat mi üm
Daar weer keen Naam
Daar weer keen Oort un keen Tiet.

Verlaat mi nich
Denn verlaat ik di ok nich
Vergeet mi nich
Denn vergeet ik di ok nich
Güntsiet van Daag un van Nachten
Giff mi diene Hand

Dat kunn nich duern
Keen is daar bi di Maleen

Blots in'n Droom is daar een de di leev hett
Un du bliffst denn liekers alleen
Hett sik wat uphalst de Minsch
Duurt nich lang is bald wedder vörbi.

Laat us gahn

Kumm mit lütten Vagel kumm mit
Solang as dat Tiet is
Ik weet den Weg
De Schadden de köönt di nix doon

Daar is nüms waak
Keen schall us hollen
Ehr Hannen sünd seek
Ehr Oogen sünd blind in de Daak
Ehr Schreed hefft keen Teel

Den Weg in'n Düstern to finnen
Holl miene Hand
Do de Oogen nich apen
Anners verleerst den Padd

Hör nich up de Stimm' an dien Ohr
Un wat se di toswört
Wat di övern Kopp strieken deit
Dat hest du nich markt

Wenn se sik an dien' Been hangt
Bliff nich stahn
Se köönt di nix. Ik bün bi di.
Se köönt blots flöken un huulen. Dat Water
schwappt ünner de Fööt

Hest du noch Aten in't Liev? Denn holl mienen Arm fast.
De Kehl warrt di drög, man dat is nich mehr wiet.
Bück di, denn driggt sik dat lichter
Wat di in't Nack sitt.

Laat mi nich loos! Toletzt mööt wi krupen.
Wenn du den hoogen Ton hörst in'n Wind
Denn sünd wi al an de Grenz. Güntsiet
Liggt de würkliche Welt.

Drakenjagd

Lüüd gifft dat
De gaht liekut in den Wohld
Stracks up den Draak to
Vertöögt dat Muul nich daarbi

Wat geiht di de Draak an
Stölterst den Padd längs
Över de Sloten de Daak
Een dröven Schemer daarvörn
Sühst de Hand nich vör Oogen

Wat di in de Fööt krallt
De Been hochlöppt
Wat di denn inne Nack sitt
Bemött di in Drööm
Un nich blots wenn't Nacht is

Denn blifft di de Luft weg
Das Hart klabastert sik af
Bliff stahn ehr dat denn to laat is
De Fööt staht liekers nich still

Du hest di verbiestert
Keen Padd mehr in Sicht
Hool stopp
Keen Draak un keen Lücht.

Männicheen
Keem nich mehr rut ut den Wohld
Liesen as Aten un Wind
Sücht dat nachts dör de Bööm
De dat hören deit swiggt.

LIGUSTER

De Hecken bleuht, Liguster
Witt rollt de Schuumkroon över't swatte Gröön
Un sprütt di Ruch un Gnidden över't Hoor
Dat is en eegen Röök du hollst de Lucht an
Dat stiggt di fuul to Kopp dat maakt di mööd

De Dodenbloom, Liguster
Kränz warrt daar nich ut bunnen un keen Leed,
Keen Woort schall seggt warrn un du slöppst denn in
Un geihst den Redder längs de Blööm an elkeen Siet
Un up un daal up Gras up Sand up Snee

Dien Kinnerdroom Liguster
Kruup in de Heck un holl den Aten an
De Müggen sirrt du hörst dör Daak un Drööm
De Kuckuck ropen un de Swulken schrien
En Bottervagel flüggt up diene Hand

In't Hart van den Liguster
De Groote Dodenkopp de Summervagel lickt
Dat Sweet van diene Huut du föhlst em as he spinnt
Kiek em denn na he swalkt dör lichte Lucht
Un sett sik up den Ellhoorn daar an'n Weg

De strahlt un gifft en geel un witten Schien
Du sühst nix anners mehr. Un ünnern Ellernbusch
Fleegt nu twee Kreihen up un schriekt un barmt
Meist as'n Minsch

Du röhrst di nich.
Du büst so mööd.
De Hecken bleuht.

Han shan

Chinesische Gedichten ut dat söbente Johrhunnert mit'n Woort daarto vun hütigendaags

De chinesischen Vers hett Stephan Schuhmacher
in't Hochdüütsche brocht (München: Diederichs 1974)

Kannst du etwa durch Bücherlesen dem Tode entrinnen?
Kannst du etwa durch Bücherlesen dir Armut ersparen?
Warum nur will ein jeder lesen lernen?
Weil man damit die anderen übertreffen kann!
Der stattlichste Mann, kann er nicht lesen
Findet kein Auskommen in dieser Welt
Drum tauche deine Medizin in etwas Knoblauchsoße
Und du vergißt, daß sie so bitter ist
(Han Shan Nr 29)

Darteinhunnert Johr later

De Böker hollt di nich up wenn du gahn mußt
Se köönt di nich helpen wenn du nix to bieten hest
Weer dat de Möh wert lesen to lehrn?

Se blifft liekers bi di wenn nüms mehr to sehn is
De Doden ward di nich över
Een stillen Wohld an de Grenz
Wenn di dat Larmen toveel ward
Solang
As di de Spraak blifft

Die Pflaumenblüten würden gerne den Sommer erleben
Doch Wind und Monde verdrängen sie ohne Geduld
Bei allem Suchen nach einem Han-Zeit Menschen
Könntest du doch keinen einzigen mehr finden
So welken und fallen die Blüten Tag für Tag
Jahr über Jahr gehen Menschen ein in die Verwandlung
Und dort wo heute Staubwolken aufwirbeln
Erstreckte sich zu alten Zeiten der Ozean
(Han Shan Nr. 5)

Hett sik nix ännert

Hier weer in oole Tieden de See hüüt is dat heel gröön
Mang Wulken un Wisch de Diek daar achtern du kannst em knapp sehn
Een Strich an de Kimming
Dat schull nu anners warrn schrifft se in't Blatt
Dat Water dat stiggt de Flood kummt höger an'n Diek
De Tiet hett ehr Tiden

Hier stunn de ool Möhl de se afreten hefft
De warrt nich mehr bruukt vandaag dat Korn kummt van buten
Schaap steiht do noch man de Heerden weern fröher ok gröter
De Bueree de lohnt meist nich mehr dat warrt allens toschannen
Wi töwt nu up de Turisten

Dat geiht up un dal. Ik heff all legere Tieden beleevt.
Bliev up din Stääd.
De Tiet hett ehr Tiden.

Ich wohne auf dem Berg, Trübsal im Herzen
Trauere nur fliehenden Lebensjahren nach
Sammle fleißig Kräuter für das Lebenselixir
Doch hat mich alles Forschen etwa unsterblich gemacht?
Nun ist mein weiter Hof in Wolken eingehüllt
Im Schein des kugelrunden Mondes liegt der Wald
Kehre nicht heim, was will ich denn noch hier?
Es sind die Zimtbäume, die mich zurückhalten
(Han Shan Nr. 74)

Anne Slüüs

Achtern Diek de Bööm blifft man lütt
Liggt an'n Wind
Zimtbööm kriegt wiß nich noog Sünn
Ik stoh anne Slüüs kiek in'n Stroom
Ööl un Plünnkraam drifft mit de Ebb

Ehrgüstern süng doch de Swaans
Huppt de Schaap in de Höögde
mit alle veer Been
Lot dat Sinneeren
Kümmt nix bi rut
För di is de Werlt west
Du hest se nich ännert
Do drifft dine Drööm

Dreih di üm goh no Huus dat warrt Tiet.

Der weiße Kranich, einen Pfirsichzweig im Schnabel
Machte nur alle tausend Meilen einmal Rast
Er wollte in das Märchenland P'eng Lai
Als Wegzehrung sollte der Zweig ihm dienen
Noch nicht am Ziel, da fielen ihm die Federn aus
Fern von der Schar wurde das Herz ihm schwer
Doch als er in sein altes Nest zurückkehrte
Da kannten Frau und Kinder ihn nicht mehr
(Han Shan Nr. 36)

LIEKUT

He wull dat weten un güng an Boord
Bleev allens achter em
As'n Vagel up'n Weg in dat Lücht

He keem torüch un güng an Land
Weer nüms mehr de em kennen dee
En Oogenblick en Dag dat Water geiht un kummt

He itt sien Broot un weer en Hümpel Asch

Keiner der weisen Männer seit dem Altertum
Hat uns ewiges Leben demonstriert
Was auch ins Leben kam geht wieder in den Tod
Muß ganz und gar in Staub und Asche fallen
Gebeine häufen sich zu einem riesigen Berg
Ein Ozean aus Abschiedstränen
Was bleibt sind nichts als leere Namen
Wer entflieht dem Kreislauf von Geburt und Tod?
(Han Shan Nr. 75)

Stimm'

Mennigeen is oold worrn un hett dat nich markt
De dood sünd wüllt wi nich reken
De leevt sünd öller as de Steen
Stimm' övern Barg övern Stroom över See

Maleens do renn de Wöör as junge Peer
Nu ward se mööd
Veel blifft nich na dat gifft en liesen Toon
De drifft van güntsiet dör de Tieden hen
Du kanst em hörn wenn du man stille büst

In Wirklichkeit verbringst du alle Tage wie im Rausch
Der Jahre Strom verhält derweil nicht einen Augenblick
Liegst du erst unter wuchernden Gräsern begraben
Wie dunkel, dunkel dämmert dann der Morgen!
Sind deine Knochen und dein Fleisch vermodert
Und hat sich deine Seele fast verflüchtigt
Selbst wenn du Kiefer hattest, die durch Eisen bissen
Kannst du deinen Lao Tzu nicht mehr rezitieren
(Han Shan Nr. 124)

Karkhoff

Blifft nix van över. Man dat weet wi all:
Keen dat nich lehrt hett weet van nix wat af.
Un wenn se laterhen van dienen Steen afschrifft
Woans du leevt hest un in welkeen Tiet
Se meent den Minschen nich, se meent den Steen.

Daar blifft nix na. De Tiet hett isern Tähn
Un miene Vers de heff ik all vergeten
Ehr dat to Enn is. Man villicht
Findt se en anner de se bruken kann.

Inholl